广东青年
批评家
丛书

冯娜 著

时差和异质时间

当代诗歌观察

TIME DIFFERENCES AND HETEROGENEOUS TIME

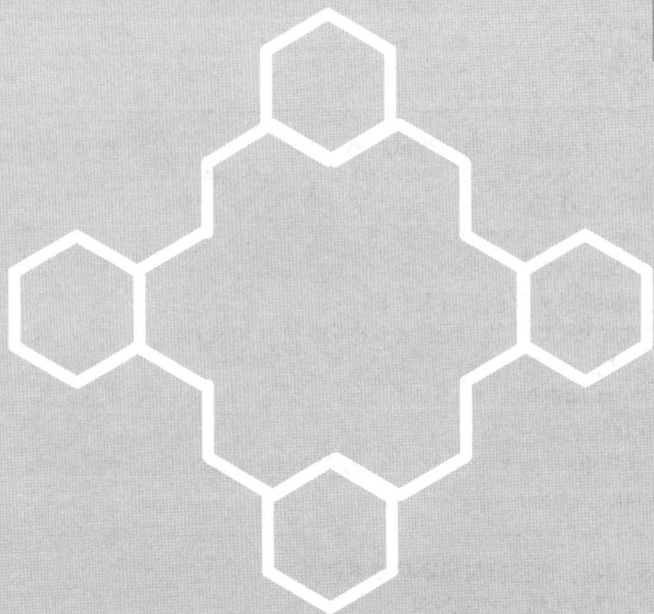

南方传媒　花城出版社

中国·广州

图书在版编目（ＣＩＰ）数据

时差和异质时间：当代诗歌观察 / 冯娜著. —— 广
州：花城出版社，2023.10
（广东青年批评家丛书）
ISBN 978-7-5749-0044-8

Ⅰ．①时… Ⅱ．①冯… Ⅲ．①诗歌评论－中国－当代
－文集 Ⅳ．①I207.22-53

中国国家版本馆CIP数据核字(2023)第192968号

出 版 人：张 懿
责任编辑：黎 萍 秦翊珊
责任校对：汤 迪
技术编辑：林佳莹
封面设计：吴丹娜

书　　名　时差和异质时间：当代诗歌观察
　　　　　SHICHA HE YIZHI SHIJIAN：DANGDAI SHIGE GUANCHA
出版发行　花城出版社
　　　　　（广州市环市东路水荫路11号）
经　　销　全国新华书店
印　　刷　广东鹏腾宇文化创新有限公司
　　　　　（广东省珠海市高新区唐家湾镇科技九路88号10栋）
开　　本　880 毫米×1230 毫米　32 开
印　　张　6.25　1 插页
字　　数　130,000 字
版　　次　2023 年 10 月第 1 版　2023 年 10 月第 1 次印刷
定　　价　40.00 元

如发现印装质量问题，请直接与印刷厂联系调换。
购书热线：020 - 37604658　37602954
花城出版社网站：http://www.fcph.com.cn

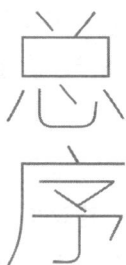

擦亮"湾区批评"的青年品牌

张培忠

习近平总书记在文艺工作座谈会上的重要讲话中指出："文艺批评是文艺创作的一面镜子、一剂良药，是引导创作、多出精品、提高审美、引领风尚的重要力量。"文学批评是文艺批评的重要组成部分，是文学工作的重要一环，是文学发展的重要推动力，具有引导文学创作生产、提高作品质量、提升审美情趣、扩大社会影响等积极作用。溯本追源，"粤派批评"历来是广东文学的一大品牌。晚清时期，黄遵宪、梁启超倡导的"诗界革命""小说界革命"曾经引领时代潮流，对20世纪中国文学批评影响至深。二十世纪二三十年代，钟敬文研究民间文学推动了这一文学门类的发展，是20世纪中国民间文化界的学术巨匠。新中国成立后，萧殷、黄秋耘、楼栖等在全国评论界占有重要地位，饶芃子、黄树森、黄伟宗、谢望新、李钟声、程文超、蒋述卓、林岗、谢有顺、陈剑晖、贺仲明等也建树颇丰，树立了"粤派批评家"的集体形象，也形成了"粤派批评"的独特风格，即坚持批评立场、批评观念，立足本土经验，面向时代和生活，感受文艺风潮脉动，又高度重视审美中的文化积累和文化传承，既追求批评的理论性、科学性和体系建构，注重文学史的梳理阐释，又强调批评的实践性，注重感性与诗性的个性呈现。

新时代以来，广东省作家协会加强和改进文学批评工作，弘扬中华美学精神，进行科学的、全面的文学批评，建设有影响力的文学批评阵地，营造良好的文学批评生态，在全国文学批评领域发出广东强音。10年间，积极组织文学批评家跟踪研究评析当代作家作品及文学思潮和现象，旗帜鲜明地回应当代文学发展的重大理论和实践问题，召开了一百多位作家的作品研讨会。高度重视对老一辈作家文学创作回顾研究与宣传，组织了广东文学名家系列学术研讨会，树立标杆，引领后人。创办了"文学·现场"论坛，定期组织作家、评论家面对面畅谈文学话题，为批评家介入文学现场搭建平台。接棒《网络文学评论》杂志，创办《粤港澳大湾区文学评论》杂志，中国作协主席铁凝同志为《粤港澳大湾区文学评论》题词："祝贺《粤港澳大湾区文学评论》创刊，希望这份杂志在建设大湾区的宏伟实践中，在多元文化的汇流激荡中，以充沛的活力和创造力，成为新时代中国文学理论创新、观念变革的前沿。"联合南方日报社、羊城晚报社等实施了"广东文艺评论提升计划"。推行两届文学批评家"签约制"，聘定我省22位著名文学批评家，着力从整体上打造骨干文学评论队伍，提升"粤派批评"影响力。总的来说，广东文学理论家、文学批评家思想活跃，秉持学术良知，循乎为文正道，在学院批评、理论研究、理论联系社会现实和创作实践方面，在探索文学规律、鼓励新生力量、评论推介广东优秀作家作品方面，在批评错误倾向、形成文学创作的良好氛围方面，均取得显著成绩，为繁荣我省文学事业做出了积极贡献。

2021年，为发现和培养广东优秀青年批评人才，促进广东文学理论评论多出成果、多出人才，推动新时代广东文学评论工作创新发展，广东省作协经公开征集、评审，确定扶持"'广东青年批评家丛书'出版项目"10部作品，具体为杨汤琛《趋光的书写：诗歌、地域与抒情》、徐诗颖《跨界融合：湾区文学的多元审视》、贺江《深圳文学的十二副面孔》、杨璐临《湾区的瞻望》、王金芝《网络文学：媒介、文本和叙事》、包莹《时代的双面——重读革命与文学》、陈劲松《寻美的批评》、朱郁文《在湾区写作——粤港澳文学论丛》、徐威《文学的轻与重》、冯娜《时差和异质时间——当代诗歌观察》。入选者都拥有博士或硕士学位，以扎实的专业素养、开阔的文学视野形成独到的文学品味、合理的价值判断。历经两年，这套"广东青年批评家丛书"如期面世。这批青年批评家从创作主题、作品结构、叙事方式等文学内部问题探讨作品的得失，从中国现当代作家的作品出发，从不同的审美倾向和美学旨趣出发，探讨现当代文学为汉语所积累的新美学经验，坚持以理立论、以理服人，敢于褒优贬劣、激浊扬清，有效展现了"粤派批评"的公正性、权威性、针对性和实效性。

党的二十大报告强调："坚守中华文化立场，提炼展示中华文明的精神标识和文化精髓，加快构建中国话语和中国叙事体系，讲好中国故事、传播好中国声音，展现可信、可爱、可敬的中国形象。"构建中国文学话语和叙事体系是构建中国话语和中国叙事体系的题中应有之义，是新时代文学批评家的新使命新任务。回望西方话语体系主导世界，其实也只是并不久远的事情：在殖民主义时代之前，世界是多元并存、相互孤立的；在殖民主义时期，西方话语逐渐成为世界的主导性话语；在冷战时期，西方话语体现为美苏两大阵营的意识形态竞争；在后冷战时代，以美国为代表的西方话语一度独霸世界。当今世界和西方国家内部面临的一些挑战，包括人口危机、环境危机和文明群体之间的矛盾，都很难在西方话语框架之中找到答案。中国在大国崛起过程中产生的种种现象，仅仅通过西方话语体系也难以解释。这些反映在文学领域同样发人深省。曾几何时，一些人误将西方文学话语和叙事体系奉为圭臬，"以洋为尊""以洋为美""唯洋是从"，丧失了中国文学话语的骨气、底气、志气。伴随着西方话语体系的公信力持续下降，构建客观、公正的中国话语和中国叙事体系恰逢其时，前程远大。

王国维《宋元戏曲考》称"凡一代有一代之文学"。与此相对应，一个时代必然有一个时代的文学批评。在全球化的语境下，迫切需要广大作家增强主动塑造和传播中国形象的自觉意识和行动能力，既要创作精品力作、讲好中国故事，又要传播好中国声音、阐释好中国特色。对文本的创作，更加要强调信息的含量、思想的容量、情感的力量，并对文学话语体系构建的深刻性、独特性、预见性、形象性提出更高要求，在国际舆论场上和文坛上彰显中华文化软实力、中国文学话语权，塑造中华民族和平崛起、伟大复兴的大国风范和大国形象。积极构建中国文学话语和叙事体系，我们就是要在独特的审美创造中形成独特的中国风格、中国流派，不断标注中国文学水平的新高度，让世界文艺百花园还原群芳竞艳的本真景致。

在新时代中国踔厉奋进的新征程中，粤港澳大湾区建设是一道风景线。"9+2"，11城串珠成链，握指成拳，美好愿景正变为生动现实，粤港澳大湾区文学融合发展也不断升温。与此相契合，"粤派批评"正逐步向"湾区批评"升级，以大湾区海纳百川、兼收并蓄的开放姿态，契合湾区的文学地理特质，重视岭南文脉传承，坚持国际眼光和本土意识相融、前瞻视野与务实批评结合，树立湾区批评立场、批评观念，面对中国当代变革中的新鲜经验和大湾区建设伟大实践的复杂经验，善于做出直接反应和艺术判断，注重批评的理论性、科学性和体系完善，突出批评的指导性、实践性、日常性，"湾区批评"在全国的话语权逐步凸显。文学批评是一项充满挑战，也充满着诗性光辉和思想正义的事业，需要更多有志者投身其中，共同发出大湾区文学的强音。从某种意义上说，青年批评家是文学大军中最具锐气、最能创造、最会开拓进取的骨干力量，后生可畏，未来可期。

"广东青年批评家丛书"集结青年批评家接受检阅和评点，对青年批评家研究、评论成果进行宣传和评述，是一次有益的探索。希望这套丛书激发更多青年批评家成长成熟，坚持开展专业权威的文学批评，弘扬中华美学精神，倡导"批评精神"，积极探索构建"湾区批评"的审美体系和评价标准，多出文质兼美的文学批评，发挥价值引导、精神引领、审美启迪作用，不断擦亮"湾区批评"品牌。是为序。

作者系中国报告文学学会副会长、广东省作家协会党组书记

目录

Contents

诗的回声

湾区景观、城市心灵和未来想象[*]
——以《大湾区文学读本》（诗歌卷）为中心

　　"粤港澳大湾区"从学术界的讨论到地方政策的考量，再到国家战略的提出，历时20余年。在"粤港澳大湾区"这一概念的具体实践和推行中，经济、科技、文化等无疑是协同发展的板块。由香港、澳门两个特别行政区和广东省的广州、深圳、珠海、佛山、惠州、东莞、中山、江门、肇庆九个珠三角城市组成的粤港澳大湾区城市群，不仅是极具活力的国际科技创新中心和经济共同体，同时也是多元文化和审美的"聚居地"。这里不仅承载了岭南文化的传统积淀；众多海外文化、海内外移民文化也在这世界级的城市群中交汇。在此视野之下，"粤港澳大湾区文学"作为"新生的具有生产性、召唤性的概念"（王威廉、陈培浩《在大湾区思考一种文学地理学》）应运而生。粤港澳大湾区诗歌作为粤港澳文学不可分割的一部分，更是以它鲜明的时代性、指涉性和超越性构建出一个地理意义和精神意义上的"双重湾区"。

　　文学与地理空间、环境的关系研究作为一种研究方法已被学界广泛探讨，中国的文学地理学研究上可追溯到两千多年前《左传·襄公二十九年》所载吴公子札对"国风"的评价。然

---

[*] 此文为《大湾区读本》（诗歌卷）主编序言。

而，巧合的是，"文学地理"这个概念的提出，始于出生于广东新会的近代学者梁启超先生（《中国地理大势论》，1902年）。事实证明，不同的自然地理环境和人文地理环境必然会对文学创作者的心理状况、知识结构、文化底蕴、价值观念、审美倾向、艺术感知、文学选择等构成多方面、不同程度的影响。特别是现代，文本与空间之间呈现出复杂的关系。《大湾区文学读本》的编选也许旨在讨论粤港澳大湾区的自然环境、人文景观如何渗透在作家的创作当中，作家们的文本创作又在哪些向度拓展了湾区的文化空间。

那么，作为一个概念先行的选本，粤港澳大湾区诗歌由谁书写？仅仅是生于斯长于斯的诗人们吗？现代社会早已步入了"日行千里""耳听八方"的赛博时代；特别是位于改革开放前沿的湾区城市群，社会交互性和人口流动性极强，湾区不仅是"原初居民"的湾区，更是众多"新移民"的湾区；在文学的世界中，更是意象的湾区、象征的湾区。基于此，《大湾区文学读本》（诗歌卷）选择了出生并成长于大湾区的诗人，如梁小曼、贺凌声、白炳安、陈会玲、张慧谋、郭杰广等；目前正在大湾区工作和生活的诗人，如杨克、黄灿然、姚风、陈东东、黄礼孩、卢卫平、凌越、舒丹丹、谢冠华、安石榴、林馥娜、世宾、杜绿绿、黄金明等；曾在大湾区生活，目前已离开大湾区的诗人，如张战、吕约、刘年、程学源、文珍、蓝紫等；曾路经大湾区的诗人，如臧棣、胡弦、商震、张执浩、杨庆祥、玉珍、泉子、张二棍、王单单等；还有从未到过湾区的诗人，如何永飞（在向后两类诗人的约稿过程中，很多诗人表示对粤港澳大湾区了解甚少，从未书写过相关诗歌，故无法提供文本）。《大湾区文学读本》（诗歌卷）试图通过这五类诗人的"参与""观看"和"想象"，构建起一个多维、立体的诗歌湾区形象。在这些诗人当中，涵盖了出生于20世纪50年代的诗人，如林莽（出生于1949年末）、孙文波；到千禧年（2000年）后出生的诗人，如陈淑菲、向雪、姜二嫚。不同代际的诗人，他们是带着不同时代经验的"同时代人"，他们所体会到的湾区有何异同？土生土长的湾区诗人与"新移民"有哪些不同的生命体验和感怀？不同生存际遇的诗人们又有何种心灵的互通？……带着各种各样的疑问，我进入了110多位诗人（书中以姓氏首字母音序排序）近200首诗歌共同塑造的"诗歌湾区"中。

一、湾区作为一种介质

在论述叶芝的诗歌时，诗人希尼曾这样谈到作家与地理的关系："当我们谈到作家与地点时，一般会假设作家与该环境有某种直接的表述关系或解释关系。他或她成为该地区的精神的声音。作品在形体上和情感上浸透某种风景或海景的气氛，而虽然作家的即时目标可能没有对该地区或民族的背景产生直接影响，但该背景却是可以作为其作品的一个显著元素而被感知的。"让我们先来提取这100多位诗人的诗歌涉及的地理名词：天柱岩、维多利亚港、深圳、澳门、香炉湾、淇澳岛、宝安区、中山、金沙酒店、西樵山、八卦岭、佛山祖庙、天河、华强北、梅关古道、新田村、巽寮湾、竹湾海滩、伶仃洋、足荣村、黄江、迈特村、广州大学城、顺德、西关、大鹏湾……
单是从近两百首诗歌题目所提及的地方，我们仿佛就能直观地
沿着诗人们的足迹勾勒出一幅简笔的"大湾区地图"。而这些
地理空间在诗人那里不只是一种"背景"或"气氛"，它更是
一种诗人内心的"介质"，借以他们个体生命的慨叹，这些个
体的细流，最后将融汇于大湾区精神的声音。

> 游西关，做一个多情的游客，奔向所有的细节
> 寻觅街道里的光线，还有骑单车玩耍的孩子
> 在粤语之城，不存在的名字、声响与印记
> 从印花布上隐约浮现，游荡已等同于外部世界的经历
> ——黄礼孩《游西关》

> 在淇澳岛白石街，我想象一种生活
> 大海围住故乡，我成为原住民
> 耕田打鱼出海，守着日出日落
> 偶尔邀请季风清洗村史和会唱歌的树
> 于次日中午的祈祷声里翻身站起
> ——方舟《在淇澳岛白石街》

> 以海角里跃出的风，教导我们
> 降低浑身摆动的小彩旗。
> 即使最严重的时刻，也要学会
> 安静地降落。
> ——池凌云《在香炉湾》

在这样地理空间确切的游历中，诗人们的内心风景被湾区的风光所召唤，他们的目光停栖在"此处"，但他们的心向往着过去、未来，那些渴念过的别处的生活。在《汤显祖的梦》（安石榴）、《谢灵运》（蔡天新）、《豹隐——读陈寅恪先生》（育邦）、《在贾梅士雕像前》（林莉）等诗作那里，我们不仅追溯着地理空间，更追溯着大湾区精神的历史源流。世界上的著名湾区都具有天然的开放属性、多元化的人口与文明特征，"世界的浪潮，涌入时代选中的港湾/古老的灯塔，延续海洋文明的灯火"（安石榴《浩瀚》）；无论是汤显祖、谢灵运、苏轼等文人曾被流放的古代岭南，还是今日时代选中的港湾，人们都在不同时代延续着始终贯穿于大湾区的精神气质：务实、包容、开放。

正是被这种包容和开放的精神所吸引，在20世纪80年代，伴随着改革开放的浪潮，无数怀揣着梦想和激情的人涌向这片经济发展的前沿阵地，其中不乏诗人的身影。当时，象征着时代潮头的湾区，它激情勃发的活力和干劲渗透在社会的方方面面，诗歌现场亦如是。1986年，广东诗歌民刊的先锋《面影》在广州创刊；同年10月，诗人、理论家徐敬亚等人在深圳发起了《深圳青年报》和《诗歌报》联合举办的"中国诗坛：1986年现代诗群体大展"。紧接着，1998年，梅州诗人游子衿创办了民刊《故乡》，也是这一年，诗人晓音带着《女子诗报》来到广州，这是中国第一份由女诗人创办、专门编发女诗人诗歌的刊物。1999年，杨克在广州开始主编《中国新诗年鉴》，这本延续至今的诗歌年鉴甫一出发，就提出要秉持"真正的永恒的民间立场"；同一年，诗人黄礼孩创办了民刊《诗歌与人》，为之后"诗歌与人"诗歌奖、广州新年诗会等项目的创立打下了基础。此外，《诗江湖》、《行吟诗人》、《赶路诗刊》、《打工诗人》、《中西诗歌》、"完整性写作"、"一刀文学网"、《飞地》、《我们》（香港）、《呼吸》（香港）、《女也》（香港）等刊物和诗歌群落先后面世并活跃于湾区乃至全国诗歌界。值得注意的是，诞生于大湾区的这些诗刊和诗歌活动一开始就未将眼光局限于本土，而是辐射全国乃至世界。诗刊及诗歌活动成为当时诗歌文化交流的重要载体和媒介，吸引并催生了众多诗人投奔、往来于湾区，与湾区建立了精神上的链接。

多年以来，在湾区生活的诗人同样秉持着务实、进取的精神，他们不仅是诗歌写作者，也是诗歌活动创办者，更是湾区实实在在的劳动者。随着互联网媒体的兴起，2000年，国内首家拥有独立服务器的诗歌网站"诗生活"在深圳创办，其创办人莱耳也是一位长居大湾区的诗人。澳门国际文学周、香港国际诗歌之夜、"诗歌与人"诗歌奖、"珠江国际诗歌节"、"诗歌人间"诗歌音乐会、华语传媒文学奖（现名"南方文学盛典"）、花城国际诗歌之夜、"花地文学奖""广东省小学生诗歌节"等具有延续性和影响力的诗歌活动在大湾区生根开花、兼收并蓄，每一年都吸引着国内外的诗人和作家到此交流，共享湾区之光。值得一提的是，设立于2014年的"东荡子诗歌奖"，是大湾区的诗人为了纪念共同的朋友、已故诗人东荡子所设立，它持着诗歌亘古的精神和友谊传递的信念一年一度颁发给国内优秀的诗人、评论家和具有潜力的青年写作者。在《大湾区读本》（诗歌卷）的编选过程中，我读到了诗人育邦的《致东荡子》一诗，颇为感慨。自古以来，诗歌就不单单是诗人们抒发情志、通往广大世界的一种介质；诗歌更是志同道合者相互沟通、维系感情的纽带。诗歌是献给"无限的少数人"的，这些诗人与诗人之间的情谊能让我们体会到这"无限的少数人"之间的回应，超越了时间和空间。诗人们在大湾区写诗、编书、操持诗歌活动，他们惺惺相惜、求同存异，"出世"也"入世"，不断将诗歌的美意和情谊传达给世界上所有相通的心灵。对诗人而言，这是一种审美的实践，一种人格完善的追求；对大湾区而言，这就是一种诗歌信念，一种文化精神。

在一些诗人那里，湾区的风景属于观光客的凝视，"车停了，一群樵夫从假苹婆树下走过"（李元胜《西樵山上小坐》）；"这沙滩，可是我们大西北沙漠的小亲戚"（马萧萧《深圳湾》）；"在黄牛埔森林公园，那面碧蓝的镜子前/你突然有一种定居下来的渴望（泉子《即是故乡》）……对另一些诗人而言，湾区就是单调、庸常的日子周而复始，"日复一日的磨损却没有偿还/银色的齿轮捏造着/我的每一天"（蒙晦《记忆的灰烬》）；"他们在我的视野里奔忙，顺便带动我的血液"（凌越《一天，我在城市里驻足》）。在新奇和沉闷之间、在陌生和熟稔之间，我们仿佛可以看到湾区生活的两种形态相互叠加、互为表里，这不单纯是一个城市的面容，更多的是现代都市中人们的寻常生活。在粤港澳大湾区，我们也会看到一些非常有意思的诗人在城市边缘聚居的景观，比如在广州、佛山交界处的"南风台"、深圳的"洞背村"等，诗人们在这样偏居城市一隅的地理空间群居、聚会，他们以一种日常、怡然自洽的方式完成着自己的生活和写作。"游乐园里有一个我的孩子"（吴燕青《游乐园里有一个我的孩子》）、"窗台边的水仙花已经枯萎"（叶由疆《临窗》）、"在带光的夜里，我们围坐/谈论豆荚花的香泽"（曾欣兰《凉亭记——兼致安石榴》）……这样朴实，甚至略显平淡的生活场景可以发生在任何一个地方，它们消弭了地理、时间的意义和隔膜，让诗意和所有我们度过的寻常日子熔为一炉。与其说这是大湾区的平实、烟火气，不如说这是诗人生活多元的样本，正如"采菊东篱下"之于陶渊明，"大庇天下寒士俱欢颜"之于杜甫。

二、"城市豹子的歌声"

1929年，鲁迅先生曾说，"我们有馆阁诗人，山林诗人……没有都会诗人"。然而，伴随着城市化浪潮在中国的兴盛，特别是近几十年来，工业文明、商业文明迅速崛起的大湾区城市群中，诗人的神经无时无刻不被时代的脉搏挑动着，鲁迅先生所提及的"都会诗人"因时而生。

早在20世纪90年代，居住在广州的诗人杨克敏锐地感受到了都市生活的脉动，其《在商品中散步》《天河城广场》等系列诗歌便是书写商业时代、消费社会具有代表性的现实之作。而在热火朝天的"世界工厂"以及珠三角各行各业的生产线上，郑小琼、郭金牛、罗德远、谢湘南、蓝紫等一批诗人，发出了他们最真实的声音：

高大的厂房，这些时代的巨轮。鼓荡着
时代的风景，城市豹子的歌声，钢铁迅速
定型成轮状的、块状的，或者细小的元晶
燃烧着时代浑厚的气息

——郑小琼《穿过工业区》

走在接踵的人流中，我与他们
是一样的，我们残忍地
向生活奉献了肉体、青春、汗水
奉献了背井离乡的酸辛和故乡的记忆

——蓝紫《长青路》

我想到念青唐古拉山上的鱼骨和马里亚纳海沟的黑炭
我拖着疲倦的躯体走出工厂大门看一轮太阳
升起　然后花一枚镍币买一碟炒米粉和一勺子白菜汤
我咀嚼匆匆行走的上班男女的脚步与垃圾装运车
和送早报的摩托擦肩而过

——谢湘南《深圳早餐》

这些诗歌与青春和梦想有关，也与辛劳和失落有关；这些诗有血有肉，为世人展示了一幅幅工业时代的浮世图景。一个个"姓名隐进了一张工卡里"的诗人，此刻，正和工人们一起在流水线上流汗。就是这样一批以"打工者"为主体的写作，一度成为震动诗坛的"打工诗歌"。波兰诗人切斯瓦夫·米沃什曾说，诗歌是"个人与历史的独特融合发生的地方，这意味着使整个社群不胜负荷的众多事件，被一位诗人感知到，并使他以最个人的方式受触动。如此一来诗歌便不再是疏离的"。这些为千千万万个打工者立言，表现他们真实生活和心声的诗歌迅速成为诗坛备受关注的现象，同时打工者这个群体在城市化进程，特别是大湾区城市发展中的贡献也受到了社会各界广泛关注，引发了人们对现代工业的反思。过去几十年，在大湾区的土地上，一夜暴富、一日之间倾家荡产的故事比比皆是，物质的贫穷和富足在这里表现出了具体可感的面目，"财富研出了均匀的粉末/天冷冷的，越退越远，又咸又涩"（王小妮《盐》）。"打工诗歌"以一种独特的、颇具时代性的诗歌类型登场，像直白、沉重的铁锤砸向尚在转型期的社会，让人们如此直接地进入了工业文明和城市发展的现实场景，这也昭示着尚在雏形中的大湾区将会成为社会经济领域和文化场域中的双重范本。

　　"打工"一词于20世纪80年代开始从香港传入内地东南沿海，时隔40年之久，"打工人"成为今天的网络热词，它的原初意义也悄然发生了位移。人人都自称"打工人"，大家都是城市、乡村建设者中的一员，"打工"即是劳作。设立于深圳的"全国十大劳动者文学好书榜"，也从最早奖掖工人写作群体拓展为奖励各行各业的劳动者、书写者。当年的"打工诗人"群体中的很多人早已离开了工厂，我们对于城市文明的进程有了新的感受和体会：

　　此刻你我经过这里，像粒子

穿越中国这台巨大的加速器

华强北是它小小芯片

熠熠生辉的电子元件

云时代撩人心扉的钻石

镶嵌黄金地段

——杨克《在华强北遇见未来》

每天，工业区的青年才俊们

乘坐观光电梯

挤入卡机鸣奏的云雀中上下运行

——张尔《八卦岭札记》

这列火车一旦

跨过了这座桥

就进入了另一个时代

这列火车一旦

开过了这座桥

咣当咣当地一直开

就开向了全世界

——路也《火车开上了那座桥》

时代的发展马不停蹄，大湾区的城市文明是工业、商业的文明，更是现代科技的文明和人文理念的文明。正如辛波斯卡所说，"并不存在一个显见的世界"，同样，也不存在一个显见的城市。芯片、观光电梯、火车、人工智能、5G技术等是科技文明物化的表现形式，诗人们目睹并亲身体验着城市发展带来的便利，同时也拥有了新的生存经验和生命体验。"诗是经验。为了一首诗我们必须观看许多城市，观看人和物，我们必须认识动物，我们必须去感觉鸟怎样飞翔，知道小小的花朵在早晨开放时的姿态"（里尔克语），从这个意义而言，城市日新月异的发展为诗人们的书写提供了新的视野、新的契机，同时也考验着一个诗人"与时共进"的勇气和能力。

大湾区是历史淘洗后必然聚合的湾区，是正在合力开拓的湾区，更是未来的、具备诸多可能性和想象力的湾区。某种程度上，现代科技展现出的人类智慧和非凡想象力，与诗歌的内质是一致的。长期以来，"想象力是人类塑造未来最有力的工具。想象力也是写作的核心能力，它既表达现实，也使现实变异，进而创造新的现实"。（克拉克语）在《大湾区读本》（诗歌卷）中，我们看到了诗人们在面对历史时的想象力，如诗人余笑忠的《梅关古道》，穿越千百年前尘封的遗迹与历史对话；也看到了诗人在面对宏大事件时的想象力和现实担当，如诗人程学源的《百年期待》（节选），这首近万行的长诗（四人合著）聚焦于香港回归的历史事件，完整地记述了泱泱百年，香港从流落到回归，筚路蓝缕艰难新生的历程。面对未来，诗人的想象力更是一发而不可收，如小诗人姜馨贺《在特呈岛骑单车》，她想象着自己坐上时光隧道，回到古代与另一个自己相遇；也许在未来，她的奇思妙想是否真能借助高新科技实现也是未可知的。诗人们在面对历史、现实和未来的书写中，处理的是对时间、地理和事件本身的认知。随着时代的发展、人类文明的进步、科技的迭代，我们对这些概念的认知也必然出现更新，诗人们的写作也会因之焕发新的生机，这也是《大湾区读本》（诗歌卷）选取了近六个不同年代的诗人作品的缘由之一。他们对城市文明的体会差异巨大，他们的诗歌中呈现出的多元、复杂的生命经验和对未来的想象力，正是诗歌作为人类存在实证的意义所在。

在中国，以往人们常常通过乡村来辨认城市，因为在这样一个具有悠远深重的农耕文明的国度，城市文明的演进必然对应着一个乡土中国的变迁，诗人们敏感地捕捉并跟踪着这个历程。在大湾区，我们依然可以看到不同的社会生态：香港、广州、深圳这样的千万级人口聚居的巨型城市；珠海、惠州这样相对闲适的海滨城市；中山、江门这样侨乡文化发达的历史文化名城；肇庆、惠州这样山水清丽、风光旖旎的城市；澳门灯火彻夜不熄；东莞不仅拥有"世界工厂"，还有目前广东省最大的非物质文化遗产展馆……在城市与城市相连的地方，城乡接合部、城中村、新农村都是诗意滋生的地方，它们依然等待着被人们看见，太多的湾区故事也等待着被诗人们去发掘，去书写。而诗歌，始终是关乎人心的艺术，无论是城市还是旷野，无论是海湾还是陆地，诗人们都用心灵呼应着来自生命深处强烈或幽微的震撼。

三、"关于海的话语如此众多"

诗人达维希曾这样描述城市："城市有属于它们自己的气

味：莫斯科是冰块上的伏特加味。开罗是杧果和生姜味儿。贝鲁特弥漫着阳光、大海、烟雾和柠檬的气味。在巴黎到处都能闻到现烤面包、奶酪和各种各样迷人之物的香气。大马士革有股茉莉和干果味。在突尼斯，你在晚上能闻到麝香和盐的味道。"在描述大湾区城市群时，诗人们也凭借着自己的"嗅觉"，寻找着属于一座城市的独特味道。

从《大湾区读本》（诗歌卷）中我们可以窥见，如果让诗人们选择一个意象来描述大湾区，很多诗人的首选是"海"。这不仅仅是因为粤港澳大湾区与海洋紧密相连，南海之滨的山海资源是它突出的自然景观和物质属性；更在于海洋始终是一个文学书写中重要的母题，因其浩瀚、神秘、有容乃大、变幻莫测，具有天然的诗性吸引力；更因"它仍然是未被征服的，为数不多者"（江离《海之简史》）。

《大湾区文学读本》（诗歌卷）中，三分之一以上的诗人都写到了海以及与海有关的事物，如"面对浩瀚的大海和喧响的波浪/面对一切宏大的事物一个小小的生命能如何应对"（林莽《把大海关上》）、"被海水周期性淹没的红树林"（池凌云《红树林》）、"她只允许一些小型船只通过/以彰显两岸建筑物的伟岸"（蔡天新《维多利亚港》）、"我们徘徊在海滩边/也许，诗不过是偶尔溅起的浪花"（李少君《诗》）、"假若大海一条鱼都没有了，那大海将是人类的贫穷"（姚风《谭公庙》）、"大海没有捧出全部的浪花"（云影《蓝贝壳》）、"荡漾的反光来自开阔的海面"（臧棣《竹湾海滩观止》）、"海岛速写着海平线，大桥速写着/三座岛屿的距离"（黎衡《澳门：喻体》）、"海水的力量足够考验一颗忍耐的心"（马莉《大海的失踪者》）、"我坐在乡村巴士上一路沿着海边走；十七英里、玫瑰海岸、上洞村、土洋"（孙文波《乡村巴士纪事》）、"台风过来时，天空在裹一个包袱"（齐乙霁《有台风要落》）、"大海浅淡的灰绿色/像野猫的眼"（扶桑《海之情歌》）……在诗人这里，海是被观光的自然景观，是自然伟力的象征，是被投射了心灵镜像的反光体。在他们笔下，海水、岛屿、水鸟、贝壳、海岸、沙滩、地平线、灯火、台风、暴风雨、浪花等事物虽然都非常"切题"地指涉了粤港澳大湾区地理空间中的元素，但在具体的文本中，这些事物通往更广大的水域。青年评论家李德南在谈到文化地理中对地方性的强调时认为，文化地理应该始终与普世性相连，这应该是优秀文学作品本身应具备的品质。所以，湾区之海是通往辽阔世界的，它是人生之海、人性之海、人心之海。

那是海鸥
翅膀点击着浪花

那是我们经常用来形容内心的——波澜
也形容壮阔的时代

在祖国的海边
我们谈论往事　机遇　一代人的命运

当我发呆　我的手再次被1996年的

某个下午握住
——那没有当即发生的
就不会再发生

那是海底的天空
闪电在潜水

——大海使太阳诞生　一跃而起　那巨大的光芒
使天空踉跄了一下
又挣扎着
站稳了

——娜夜《看海》

　　诗人们看海，在祖国的南海边，看到的是个体生命的波澜，"一代人的命运"，背后则是时代的壮阔，数代人的热血。在粤港澳大湾区的海边，这样的感受尤其强烈，这里曾是古代海上丝绸之路的重要中转站，也曾是终日漂泊于海上、以打鱼为生的疍民的家乡。这里是中国改革开放、海外贸易的前沿阵地，伴随着经济飞速发展、人口第三次大规模南迁；几十年间见证了社会转型期诞生的奇迹，也上演了诸多人的大起大落、悲欢离合的跌宕故事。而诗人的言说之所以可贵，正在于他们在时代"那巨大的光芒"中，靠近了鲜活生命的悸动。

　　昨夜入洞房，今日合影，明早他下南洋。

这是我的命。

——杨碧薇《下南洋：开平碉楼里的女人像》

你们身体，活泼的流动
曾在这个城市的街巷里穿梭
是制衣厂　玩具厂　电子车间　柜台前　写字楼内
让人心颤的气息
你们或许曾成天加班
或许在城中村的一个楼梯间，热烈地
吻过自己的恋人
在夜班过后的食街中用一个甜点　一串麻辣烫
来安慰曲折的肠胃
此时你们的耳边响起的仍是工地的桩声
是车轮滚滚的流逝

——谢湘南《葬在深圳的姑娘》

　　新旧时代的两位女性奇妙地在诗中相遇，她们的命运携带着南洋的气息，又穿梭在不同的时代；她们的面目相似，又像不同的鱼游向各自的海域。诗歌以它的方式桥接了历史，两位女性中间隔着的是滚滚流逝的时间，也是人类文明轰隆而过的车轮——这一切构成了人类海洋文化的一部分；海洋文化本质上就是人类与海洋的互动关系和产物。借由诗人们对以海为轴心的物事发散性的书写，我们了解到人类在海边的一些活动和影踪："大海容纳了游艇，捕鱼船，尖叫/粗大的锚和来历不明的垃圾//容纳了一对外地夫妻贫贱的爱情/他们漂泊半生，直到在海边安顿下来"（熊曼《大海》）；"有一年在海边，我亲眼见证了/浪花带走生命，是何等地简单和悲伤"（何晓坤《大海从未平静过》）……感受到海洋性季风气候中的日常，"在这儿住着永不死的夏天/还有我四五个温和的叔叔"（玉珍《过广州》）；"海水退下去，让出广阔的沙滩/我知道我们已不可能得到更多"（远人《巽寮湾海滩》）；"面对大海尽可放弃言辞，/平静或激荡，都有海浪替你说出"（舒丹丹《与海浪鸥鸟共度一个下午》）……海洋如同陆地，是人类的另一个"母体"，它永不停息地涌动着，如同一代代诗人站在岸上，倾听并诉说着海之潮汐、生命之律动。

亨利·列斐弗尔（Henri Lefebvre）曾在《空间的生产》（*The Production of Space*）中指出，"生产的社会关系是一种社会存在，或者说是一种空间存在；它们将自身投射到空间里，在其中打上烙印，与此同时它们本身又生产着空间"。陆地和海洋都是物质空间的客观存在，而每个诗人在社会空间中所处的位置是不一样的，他们所能"生产"和"再现"的"精神空间"自然也是不一样的。在当代诗人的书写中，曾经代表着大湾区传统文化的元素，如粤剧、龙舟、武术、醒狮、莞香等也超越了前人赋予它们的文化内涵获得了新的建构："今夜，在东莞，你在另一种幽香里/熟结沉静下来，想起诗歌，或者君子"（华海《莞香》）；"如果再一条鲸鱼搁浅，我们要合力把它推回大海，而不是把它的骨头制成一只龙舟"（姚风《谭公庙》）；"粤剧里的汾阳王/是我出窍的灵魂"（郭杰广《看粤剧》）……"海洋"或"湾区"所传承的文化基因在诗人们具有延续性的传统书写中越发丰满，又在他们具有现代性的书写中获得了多层次、多面向的精神内里。就在这样持续、反复的空间"再现"和"生产"中，大湾区整体的视域和维度将得到不断地拓展。可以说，就当下诗人们关于大湾区的书写来看，从地理感知和精神认知的角度，他们早已超越了客观实在的大湾区，不仅塑造了一个立体、清晰、复杂的湾区形象，更抽象出了一个开放、多维、充满创造性和想象力的精神存在。

在早期关于大湾区文学的一次访谈中，我曾提到未来城市和湾区的发展必然是一个整体性的构想，经济产业链的集群发展、文化板块的深度链接都将携手共进，此外，还应更多关注于"人类如何诗意栖居"的命题。这种紧紧镶嵌在历史进程中的命题，势必影响和改变人们看待世界的眼光和格局，也势必影响人们对生命和未来的思考。"大湾区文学"是一个正在发生和不断发展的概念，就像米沃什所说："如果不是我，会有另一个人来到这里，试图理解他的时代。"

在编选《大湾区读本》（诗歌卷）时，这种"另外一个人在试图理解他的时代"的感受扑面而来。在这个信息、科技空前发达的时代，在这城市面貌日新月异、人类生存图景纷繁复杂的大湾区，诗人们是如此真诚地打量、重述、构想、探索着属于自己的时代。历时近半年，当这本诗选即将编竣时，我来到了珠海市横琴新区。一二十年前，这里曾是未被开发的海滨郊野之地，草木繁茂、山水柔韧，在南亚热带季风的吹拂中，静静与香港、澳门隔海相望。如今，这里大规模工程建设如火如荼、风生水起，粤港澳合作新模式的示范区正在兴建。在一片热火朝天的建筑工地前，我眺望着不远处的澳门，许多建筑清晰可见，我辨认着威尼斯人（澳门著名的赌场之一），每天，来自世界各地的真金白银在那里吞吐，许多人豪掷着他们的命运。海的另一个方向，世界上总体跨度最长、海底沉管隧道最长、工程规模最大的跨海大桥港珠澳大桥蜿蜒于海。我恍惚想起了曾经有一个人问我：生活在钢筋水泥的城市，在那么匆忙、多变的生活节奏中，你是怎么写诗的呢？我想，《大湾区读本》（诗歌卷）里的诗人们用他们的诗行回答着这个问题。诗歌从来不只是闲情雅致时的感喟，更是在生命长河中灵魂的声响。就像作家福克纳说过的："人类是不朽的，这不是因为万物当中仅仅他拥有发言权，而是因为他有一个灵魂，一种有同情心、牺牲精神和忍耐力的精神。诗人、作家的责任就是书写这种精神。他们有权利升华人类的心灵，使人类回忆起过去曾经使他无比光荣的东西——勇气、荣誉、希望、自尊、同情、怜悯和牺牲，从而帮助人类生存下去。诗人的声音不应该仅仅成为人类历史的记录，更应该成为人类存在与胜利的支柱和栋梁。"

这本诗选中收录的110多位诗人，当然不唯这些诗人（由于篇幅、题材等所限，选本必有遗珠之憾），让我领会到人类这种富有同情、理解、忍耐、奉献、尊严、良知和希望的精神。他们参与、创造并记录了历史，也记录了人类存在的丰富图景；他们的持续书写将成为大湾区发展历程中生动的"标本"和参照。同时，评论家霍俊明先生，他以高屋建瓴、提纲挈领的见识和学养梳理了该诗选的文本价值和现实意义，"那些能够一次次打动读者甚至能够穿越时代抵达未来的作品都能让我们在人类精神共时体和命运共同体的意义上看到人性、命运以及大时代的斑驳光影、炫目奇观和复杂内里"，这是一个具有高度艺术审美的评论家所期待的文本，也应是一代代优秀诗人所追求的精神内核。青年评论家顾星环女士对每位诗人诗作细致、精到、情理兼具的点评将成为深度阅读这些诗歌的最佳"向导"。她引用韦伯的名言"人们可以通过计算掌握一切，而这就意味着为世界祛魅"，也追问"历史的深渊里究竟有什么呢"，相信诗人们的作品和顾星环的导言已经有机地融为一体，为读者阐释了一个充满了魅力、冒险、激情又低回、明亮又幽暗、勇往直前也具备反思精神的粤港澳大湾区。

如是，《大湾区读本》（诗歌卷）的编选，不是为了"建立一种诗学，或者建立某种美学的标准"，而是为向每一颗在这片热土上耕耘、创造的心灵致意。我们的生命曾在大湾区交汇、相互照耀，也将像百川入海，通往"共同体"的文明之中。

在时差中建一座摩天大楼[*]

一、我们通过什么来辨认城市

一个人通过什么来辨认城市？是高楼大厦、车水马龙还是资源集中、经济繁荣？是人口密集、生活便利还是节奏感强、地表面貌日新月异？通过在广州居住逾17年，在北京、上海、深圳这些中国的"一线城市"短暂寓居的经历，我发展出一套自己略微"奇怪"的辨认城市的经验：通过"时差"和"光亮"。这完全取决于我幼年生活经验；在我的老家——中国西南边陲的滇西之地，虽然都使用北京时间计时，但在西部的云贵高原与中国东部沿海城市（广州、深圳、上海、杭州等）均有近两个小时的时差，这是肉眼可见的光线差异。譬如直到现在，我还不太能适应傍晚6点钟左右就天黑的广州秋冬时令，在我的老家，吃完晚饭，要出门散步溜达好一阵子，太阳才渐渐隐进山峰。早晨亦如是，东部沿海城市的鸟鸣也早，当我在半梦半醒中看到窗外模糊的天亮，会想起这个点，我幼年念书起早，天色还混沌未开，是凑着月光、打着手电去上学的。所以，在我印象中，城市总是最先醒来的，这是物理时间上的，

---

* 发表于《青年文学》2021年第2期。

也是象征意义上的。城市，通常是以它的地理优势（诸如三角洲、海港等）和前瞻力，率先体验了商业文明和工业文明。人们对城市的辨认最初也是通过物质表征，那较之于乡村更发达、更集中的物质财富，以及消化新鲜事物的能力。

有趣的是，我的一位从小在城市长大、生活的朋友曾经跟我说，他们曾在我老家云南山村自驾旅游，有一天他们未能在天黑前按时到达目的地。山间公路那种黑黢黢的夜晚是她平生第一次所见，就连路过的乡村零星的灯火也不能安慰她，直到她看到了一个小镇比较连贯的路灯才充满了安全感。光亮，在城市中显得尤其晃眼，人们把城市建得灯火闪耀、彻夜通明，一些人甚至过着昼夜颠倒的生活，而在遥远的落后山区，"日出而作、日落而息"依然是他们的生活赖以运转的节律。那让习惯了城市灯火的人两眼一抹黑的夜晚，才是自然的光亮，但暗淡的光亮也意味着偏远、封闭，甚至落后和贫穷。

在中国，通过乡村来辨认城市，是很多人的方式。因为在这里，一个具有悠远深重的农耕文明的国度，城市文明的演进必然对应着一个乡土中国的变迁。在很多中国当代文学作品里我们也会看到一些作家凝视城市时，会习惯性地凝视那些尘土飞扬的城乡接合部、小县城、城中村、城市工厂等，譬如小说家张楚、陈再见、双雪涛等等。这些地理空间上发生的故事仿佛有一些根须还扎在农耕文明的土地上，让人想用旧时情愫在摩挲来摩挲去，然而城市化的马蹄却嗒嗒向前，容不得你磨磨蹭蹭。中国的城市化进程确实是极富文学性和艺术张力的历程，它充满了跌宕起伏的时代传奇，也聚集了无数小人物的悲欢离合。我每日上班会驱车经过广州的猎德村，这是在娄烨电影《风中有朵雨做的云》中的原型村落。这是一个原本处于城市边缘的郊区村庄，由于城市的极速扩张，农民的土地被全面征用，巨额的赔偿让诸多村民一夜之间洗脚上田成为亿万富豪。当车行驶至猎德大道，你会看到新建的高楼上巨型横幅写着"热烈欢迎猎德村民第二批（第三批）回迁"的字样，这时候会觉得城市生活特别魔幻。你永远不知道你脚下的土地下一秒会发生什么，你也不知道你头枕的一亩三分薄地，一夜之间是否会成为寸土寸金的新兴区。个人的命运在城市发展的洪流中，显出异样的光亮。在郝景芳的《北京折叠》中，是相互折叠的阶层和时空；在薛忆沩"深圳人系列小说"中是一个个在城市中奔走，无从逃离又渴望融入的灵魂……城市，作为一种空间的存在，经常与个体的人产生"时差"和"位移"。

我们在各自与城市的时差中体验着当代人的焦虑、茫然，也领受着城市带给我们的梦想和希冀，与其说我们在辨认、建造和融入城市，不如说城市也在打量、驯化、塑造着我们。我们在乡村和城市间游走，那些古老、新鲜的经验随时反馈于我们的创造。

二、城市很少在我们认为的地方开始

作为一个诗人，近年来经常要回答别人问我的有关城市书写的问题。比如，你的诗中似乎很少出现你生活过的城市？你怎么看待当下诗人们的乡土抒情？诗歌怎样触及现实生活？你觉得你所居住的广州这样的城市会有诗意吗？如此种种，不一而足。不知从何时，人们开始意识到想象中的、田园牧歌式的诗意已经与当下生活格格不入，充满了泥土芬芳的诗句似乎是上个世纪的产物。读者对文学提出了要求：城市生活如此迅雷不及掩耳，你怎么可以还在吟咏曲水流觞、采菊东篱呢？

早在19世纪，一个著名的美国人梭罗说，"城市是一个几百万人一起孤独生活的地方"，我相信在21世纪，生活在千万级的巨型城市里的中国人已经深刻地体会到了这种孤独。文学同样记录了这些孤独：王安忆的《匿名》、弋舟的《空巢老人现状调查：我在这世上太孤独 》、周嘉宁的《荒芜城》……各式各样的孤独，组成了一个个喧嚣沸腾又幽暗低沉的城市。在日趋多元化的现代生活方式中，个体的哀愁正被抽丝剥茧、和盘托出。无论乡村还是城市，都是由一个个个体的人组成的。文学，某种时候像是城市生活的一种反向力，它挽留、收拢、打捞那些在飞速前行中失落的碎片，它在城市鼾声如雷的时刻倾听着那些怯懦的心跳，它偶尔慰藉，也试图提醒，但最终回到它的位置上，倾听和诉说。

《失落的卫星：深入中亚大陆的旅程》中有一句话，"旅行很少在我们认为的地方开始"。城市也几乎不在我们认为的地方开始，它早于我们便存在并发展于世界的很多地域，它和我们人类一样，拥有自己的旅程和命运。世界上古老、辉煌的城市也曾沦为废墟，那沙漠干涸之地也可能建筑起世界上最富有的城市。城市并非对立于乡村，城市生活也不完全是闲适田园的反面。它们可能会在人类不断试探、纠错的过程中相互融会、和谐共生。这包含着人类对生存和生活的基本信念和理解，对诗意栖居的合理期待。尤其是在今天，一个作家或诗人怎么样理解城市，其实就是怎么样理解人类的生存经验和生命意志。在情感上，人无疑是恋旧的，而在实践上，人类也无疑是向往进取和创造的。如何处理现实的生活经验，也考验着人的智识和关怀。

在广州生活的近20年中，我也往返于世界和中国的各级城市，它们带给我很多迥异的体验，也为我积累了很多写作素材。有些城市以历史打动你，如西安、南京；有些城市以它的蓬勃生气感染你，如深圳、杭州；还有些域外的城市带给你对比和想象，如首尔、纽约。我渐渐也意识到，囿于牢笼的心灵，不是因为城市的隔绝，也不因为人总是庞大城市的过客；而是地理坐标在现代生活中已然失效，那些曾经可以牵引我们的事物消弭了；城市显出宽衣大袖（甚至大而无当）的样子，让我们无法贴身穿上。然而，一些人会发现，自我的征程开始了，孤独吗？惶然不知所终吗？——这就是我们应该付出的代价。

城市开始的地方，也许就是人类心灵重启的地方，我们面对未知的冒险，比起环绕地球、发现黄金国的人，还要惊险。

三、并不存在一个显见的城市

经常听到人们谈论他/她讨厌或喜欢的城市，原因无非是"那里太嘈杂了，节奏太快""那里的人太排外""那里的气候很好，空气质量也好""那里的发展速度很快，机会很多"……人们总是敏感于自己感触深刻的地方。人类是主体意识很强烈的物种，他们也按自己的喜好和愿景来修筑城市，改造乡村。然而，正如辛波斯卡说的，"并不存在一个显见的世界"，同样，也不存在一个显见的城市。

很多年前，我读大学的时候刚认识一位潮汕同学，听闻她家中有七个兄弟姐妹，简直要惊掉下巴。作为20世纪80年代生人，我身边很多同学都是独生子女，我很难想象这个时代居然还有能生养这么多小孩的地区，何况还是广东一个相对富庶的中小城市。后来，随着对潮汕一带文化民俗的了解，才渐渐接受这种独特的地域景观。小说家陈雪的《摩天大楼》则描述出一种城市的常态：每一栋大楼里都有无数个身份不同、来历不明的住户，他们拥有自己的经历和秘密，他们也许会被一个事件（小说中是一起凶杀案）所联系，也许他们就门对门居住，却很有可能老死并不相识。

曾经听说一个"六人定律"，意思是说任何两个陌生人之间，通过六个人便可以建立起联系。这个定律是否真实有效和世界通用我不甚了解，但这也许意味着现代社会的交互性很强，信息技术覆盖率极高。这种社会交互区别于县级或以下的乡镇那种"熟人社会"，城市生活打破了这种"熟人社会"，圈层与圈层既融会又分离，人与人"认识"也可能只是通讯录上的"僵尸粉"或"点赞之交"。在城市，"饭局"是人们普遍的社交方式之一，作为一个作家，在各类饭局上总是可以观察到各色人等，他们的言谈、心愿、热情以及心不在焉。谁说每个人的心中不是一座摩天大楼呢？有一些窗户是亮着灯的，有一些则贴满了窗花，有些则门扉紧闭。萨尔曼·鲁西迪在《午夜之子》中说："要想理解一条生命，你必须吞下整个世界。"在过去时代是如此，在现在和未来的时代也是如此。很多时候，我也会暗自庆幸城市生活为我带来了这么多的定律之内和之外的"六人"，他们让我了解到这个世界的纷繁复杂，以及那么多现代人生存的图景。只要你凝神感受你身边这个城市，就能听闻或目睹那些创业者波澜壮阔的故事，也能见证一些普通人的光辉时刻；能看到守望者和点灯人抱持着他们的理想，也能看到礼崩乐坏、纸醉金迷的生活。你也许只是一个旁观者、记录者，但你在理解人们的每一个选择同时，同样获得了生命的震动，你明了人的渴求与有限，你知道世间的无垠和有度，我们会在一些人的创作中看到这种震动，我们将其称为慈悲。

天下熙熙，天下攘攘，在城市中度过的时日，每个人都携带着自己的时差。这时差有的来源于童年记忆，有的来自磅礴野心，有的是一次又一次有意无意地找寻。人无法选择自己身处的时代，也只能有限地选择自己生活的空间。我们在如何生活，某种程度上是在处理我们的时间感和对空间的感受力。

很多年，我持久地停留在对故乡夏夜8点多才天黑的时间感中，那时，我年轻、有劲儿，怀着周游天下的理想。而今，我明白天黑得晚是时差所带来的滞后感受，我比从前更有耐心。在买完菜回家的时候打量这座城市，6点左右，夜色已经全然沉降，路过的小学正是家长接放学小孩回家的时候，一种一日将尽的暗昧和拥挤扑面而来，我们要回到各自的"摩天大楼"里去。我知道，我会写下至少一扇窗子，和它里面的故事。

当代传媒语境下现代诗歌的秩序及其他

一、当形式依赖于阐释和反馈

1917年，艺术家马塞尔·杜尚将一个从商店买来的男用小便池起名为《泉》，匿名送到美国独立艺术家展览要求作为艺术品展出，此举在艺术界掀起轩然大波，亦成为现代艺术史上里程碑式的事件。在可以追溯至中世纪的"艺术的去物质化"历史轨迹中，杜尚无疑占有极重要的一席之地。同时，《泉》的展出亦被认为是行为艺术分支众多的源头之一。许多人将杜尚看作是极端的艺术叛逆分子，认为他的离经叛道之举消解了艺术本来应有的独特价值和表现形式。但从更为宏观的角度看待西方艺术史，杜尚是一个必然的存在。他打破了传统的艺术范式，将当代艺术形式引入了更立体、概念化和多元化的范畴。杜尚之后，特别是当代众多艺术家不再追求精湛的技艺和表达力，而更倾向于追求"技艺背后的复杂思维"。

"技艺背后的复杂思维"，是一种理性化的概念范畴，它倚重于技艺和思维之外的表现形式和抽象能力。在当代艺术中，这种能力更多地表现为依赖批评阐释和受众们的参与。譬如近年在全世界范围巡展的大型装置艺术品"大黄鸭"，它的前身是儿童洗澡时放在浴盆里的橡皮鸭玩具。"大黄鸭

（Rubber Duck）"之父——荷兰艺术家弗洛伦泰因·霍夫曼将其放大制成高16.5米的大型装置艺术作品，在世界各地的湖面展出，闻名于世。笔者曾在中国某二级城市见过在旅游区观景湖上停靠的大黄鸭赝品。虽是赝品（因为真品"大黄鸭"并未在中国二级城市展出），但"大黄鸭"作为装置作品本身的艺术性并未因为复制而消失。但即使它是真品，它的物质属性和观赏性如果不加以观者个体语境的阐释和对其艺术背景的认知，便显得单调且乏味。媒体和观众的反应也构成了装置作品的一部分。关于"大黄鸭"的观看和阐释，已经成为这件装置艺术品密不可分的部分，有些观众认为它唤起了自己的童年记忆，有些仅仅认为它"萌""可爱"、色彩艳丽，作为水景的一部分，显得活泼好看；还有艺术评论家从批评的角度来阐释了"大黄鸭"在当下的艺术价值，媒体则更加大张旗鼓地宣传了这种价值。由此可见，在当代，新的阐释性批评部分取代了传统的鉴赏性、价值判断性批评。阐释性批评并不需要按照统一的价值判断，也不需要倚仗传统的艺术价值理论，它只需要遵循自圆其说的理由充足律。当代传媒语境底下，"去中心化""去权威性"的大众传播特征恰好也暗合了这种阐释性批评的话语多样性、个体性及互动性，即艺术形式更多地依赖于阐释批评和受众参与。

当代传媒技术日新月异，大众传播正以不可抗拒之势影响人类社会、艺术生活的方方面面，艺术以先锋者的姿态预示了人类社会各个领域发生和可能发生的深刻变革。诗歌作为人类灵魂的文字表现形式之一，自然也深处这样的变革之中。无独有偶，中国诗歌从旧体诗到新诗的变革（1914年）和杜尚的惊世骇俗之作几乎处在同一时期，但中国现代诗歌在形式上的发展，无论内涵和外延，都晚于当代艺术的脚步。这是由诗歌本身的语言属性决定的，也是由"分行"这种看似自由、实则固定的外在形式决定的。

关于新诗的形式，废名曾在《论新诗及其他》一文中说过："新诗本来有形式，它的唯一的形式是分行。"[①]无论是徐志摩、闻一多、王力、臧克家……还是第一次将"现代诗"以较为自觉、准确、明晰、系统的语言来界定的纪弦，都以他们的方式探讨了现代诗歌的形式和美学秩序。然而，在中国现代诗歌发展的百年之中，除了少数诗人对于现代诗的形式做出一些积极的努力和探讨外，现代诗的形式在近五六十年并没有发生重大的变化，似乎形式本身已经是一个无须关注的问题了，当然，这是针对诗歌写作与批评研究的场域而言的。而在互联网的深度介入和当代传媒影响日益深化的过程中，语言环境的扩大化和分散性，使得现代诗歌的形式问题以不同于以往的面目变为一个大众广泛参与的话题，即"何为诗"。

二、大众传播如何影响诗歌形式

毋庸置疑，大众传播，特别是以互联网为基础的当代传媒技术，正在以"病毒式"的扩张和速度影响人类的生活，受互联网覆盖之处，几乎没有任何领域可以避免信息化（过度信息

---

① 废名：《论新诗及其他》，辽宁教育出版社，1998，第170页。

化）的冲击。在诗歌领域，我们可以通过一些诗歌现象得以观照大众传播的影响力：近年被网民广泛热议的"梨花体""羊羔体""乌青体"，还有沸沸扬扬的"穿过大半个中国去睡你"的余秀华现象等。本文无意讨论这些诗人文本的艺术价值，但就传播效力而言，网上一天之中成千上万，甚至过百万的点击率和关注度，是传统媒介无法匹敌的覆盖率和阅读量。

在大众传媒语境下，诗歌真的走向大众了吗？——亦有批评家如是探问。笔者以为这恰恰不是诗歌从小众走向更广阔的公共领域的问题，而是诗歌形式受到大众传媒冲击而被动发生的反思和变革。大众文化是一种他律的文化，即当代大众文化既不是建立在传统精英文化的基础上，也不是在通俗文化的基础上生长，而是在高科技、电子媒体、商业运作及社会情景的互动过程中应运而生的。它具备所有当代传播的特征：及时、高效、广泛、交互性强等。当代诗歌无可避免地进入大众传播领域后，不单纯是由其经典的审美性和思想性进入受众视野，更多的是以一种"短平快"的易于阅读和接收的"信息"方式进入人们的阅读。正因为此，人们忽略了赵丽华、车延高等作者更加严肃的诗歌作品，将那些容易阅读和复制（仿写）的作品广泛转发，从而也引发了关于诗歌和分行的广泛讨论。其中不仅包含了网络时代"会使用回车键即会写诗"的调侃，以及"诗歌已死"的失望情绪，实际上也隐含了大众对诗歌更深层次的认知和期待。

网络热议的"乌青体"，更是以几乎通篇废话的形式将诗歌变成了大众狂欢的介质（代表作《天上的白云真白啊》）。"乌青体"呈现的那种琐碎、饶舌、无趣、无聊、无意义的状态，迎合了大众在网络阅读中的心理：浅入浅出、即兴、娱乐、消遣。在现代都市人的疲惫生活中，"乌青体"这样没有阅读难度的分行，消解人们现实生活中诸多焦虑和沉重，也不需要花太多时间思考。与此同时，"乌青体"更像一场行为艺术，在他具有一定网络知名度后的某一时期，乌青将其分行手写在纸页上并在中国丽江等地拍摄成图文在网络上分享——这也是当代传媒语境的一个显著信号：人们已经从"读文时代"转向了"读图时代"；跨界和多媒介的综合传播模式已经是新的艺术传播风潮。就诗歌现象而言，"某某体"的命名方式也带有明显的网络时代特征，即某个人或组织自成体例、自创形式。"去中心化"的实质和要义就是人人都可以成为中心，各种"自媒体"的兴起也正是受惠于此。

那么，当人们以各种游戏或严肃的心态和方式模仿各种"体"时，确如人们所说的"人人都可以是诗人"了吗？德国艺术家约瑟夫·博伊斯（Joseph Beuys，1921—1986）也曾以多种形式的先锋艺术尝试并阐释了他本人"人人都可以是艺术家"的信念。博伊斯的艺术理念已然无法让艺术的价值停留在传统的审美形式上，它同时承担着对社会文化机制的质疑、破坏、解构和重建。某种意义上，诗歌、音乐、哲学乃至科技都承担着这样的重任，这导致了当代艺术很难以单一面貌表达自我的意涵，多媒体效应、跨界、交叉、阐释、互动成为当代艺术的混合面貌。这同时也影响了当代诗歌的发声系统，譬如2015年初，一个河南高中生茶叶蛋馥（网名）发表的一组"食物诗"引发众多网友关注。这组"食物诗"是手写在作业本上的，字迹稚拙，口吻轻松活泼，诸如"我喜欢喝奶/是因为奶是女字旁/适合我""喝香蕉牛奶/联想到了/月亮在白莲花般的云朵里穿行",这样的分行比比皆是,很多像是课间的即兴创作。这也让人联想起诗人威廉姆斯(W.C.Williams)有一首经常入选各种选本的诗,它看上去很像是一张留言条:

This is Just to Say

I have eaten
the plums
that were in
the icebox

And which
you were probably
saving
for breakfast

Forgive me
they were delicious
so sweet
and so cold

这首诗的意思只是说:

我吃了

放在

冰箱里

的李子

你大概

是把它们

留作

早点的

对不起

它们真好吃

真甜

真凉

（袁可嘉译《留言条》）

学者张隆溪认为，这首诗之所以成为诗，应该归功于读者；与其说是这一文字制品本身使自己成了一首诗，不如说是读者的态度使它成了一首诗①。那么，"乌青体"也好，河南女生的网络分行也好，是否真的是诗呢？除了分行和图文补充的行为方式，是否真因大众的态度使它们具有了诗歌的内在结构，甚至具备了传统诗歌并不显见的亲和力和可复制性呢？在古典的诗歌体例当中，格律是相对固定的，诗人通过复制外部体例而创新内容，现代诗歌则打破了内在和外部的固定范式，

① 张隆溪：《道与逻各斯》，冯川译，四川人民出版社，1998，第275页。

但大众传媒又由"从低"而非"从高"的态势重新让诗歌的形式变得可以复制易于模仿。这也是网络时代的一种亲民特征，记得在网络文学流行发轫时，有网民说安妮宝贝、郭敬明等网络作家的文字之所以能够流行，是因为他们所描述的事物具有"可操作性"，譬如一个具备文艺气息的女子所必备的"海藻似的长发""棉布裙子""光脚穿球鞋"，这些都可以在现实生活中模仿和复制。这不得不说是一种文学发展的吊诡和悖论。形式的创新究竟意欲创建更高的美学秩序、艺术价值，还是让更多的人从日常化生活化的范畴来理解艺术和美呢？作为文学本身的价值，又如何超脱于商业潮流等外部因素的影响而不走向献媚市场和大众呢？

调查显示，网络阅读，特别是当下人们最普遍的手机阅读，最长的文章限度是三千字，很多人是在上班途中或者排队期间进行间歇式阅读，短小分行的文字满足了这种快捷、及时的阅读诉求。媒体文化研究者尼尔·波兹曼早在20世纪80年代的著作《娱乐至死》中就论述了"新成人文化"："这种以阅读为特征的新成人文化推广了一种新的思维方式和性格品质。线形排列的文字促进了逻辑组织、有序结构和抽象思维的发展，要求人具有更高的'自制能力，对延迟的满足感和容忍度'。"[1]当下的读者是否具备这种更高的"自制能力"无从得知，但就阅读习惯和难度而言，分行文字这样的信息形式确实更容易进入，更容易被人所接受。

传播学家伯纳德·科恩曾有这样一个著名论断：在许多场

---

[1] 刘擎：《声东击西》，新星出版社，2005，第85页。

合，媒体在告诉人们应该"怎样想"时并不成功，但是在告诉人们"想什么"方面，却是惊人地成功①。这较好地解释了大众传媒如何引导了受众，将很多分行视为"诗歌"而引发的联想和争议。这些影响同时打破了现代诗歌单纯以语言作为载体的物理属性，许多跨界的合作，诸如诗剧、唱诗等多种外部艺术形式的介入，让扁平化的文字方式进入了多媒体的范畴，超越了文本本身而进入大众视野。

三、传播的形式和形式的传播

大众传媒时代确实改变了信息的传播形式，多介质、多维度的传播形式也在某种程度上或多或少改变了人们认知和理解事物的方式。譬如，很多人是从中国近年一档收视率较高的娱乐节目《中国好声音》上认识了叶芝的诗歌名作《当你老了》，这首诗歌被人气很高的歌手李健演唱，后来又在春节联欢晚会的舞台上被演绎。而诗人余秀华被网络热议之后，她的第一部诗集首印10万册，在今天的商业环境中，10万册的印数相当于流行畅销书了。从传播角度而言，诗歌似乎真的开始通过网络、电视等大众媒介进入了更多受众的视野。但是，从"梨花体""乌青体"等一系列事件来看，也许人们关注更多的是诗歌现象，而非诗歌本身。王光明教授在《我们时代的

---

① 马克斯韦尔·麦库姆斯：《议程设置：大众媒介与舆论》，郭镇之、徐培喜译，北京大学出版社，2008，第84页。

"经验之诗"》中说："进入21世纪之后，中国诗人面对后工业社会的诸多景象，已经习非成是，由焦虑不适到习惯成自然，紧张关系或许有所缓解；但诗歌（甚至整个文学）的边缘化处境并没有得到多少改善。只不过，现在推动诗歌边缘化的力量主要不是传统的威权，而是市场那只'看不见的手'所掌控的消费逻辑，以及网络时代的'眼球效应'。"

"眼球效应"是网络时代显著的表征，由之也产生了"标题党""段子手"这样的概念，与此同时，这意味着网络时代传播的受众心理基础是建立在新鲜、刺激、猎奇的表层感官上的。它更在意信息是否被广泛、迅速地传达，但并不十分在意传播是否深入，它的实际效果如何。比如余秀华的诗歌，当"穿过大半个中国去睡你"被网友半调侃地视为2015年岁末金句时，很多人并没有完整地阅读过一首余秀华的诗歌，更不用说去体会她"一棵稗子提心吊胆的春天"。传播形式的改变最直观的影响是导致了很多事物的传播是一种形式传播，内容和实际却容易被忽略和淹没。如王光明教授所言："传播价值和市场价值取代了诗歌和文学本身的价值，它们已经成为商品或商品的附庸被物化和消费。传统的诗歌精神在网络化、娱乐化的潮流中被大肆消解和弱化。诗歌被大众恶意或无意仿写、调侃、嘲弄，某种程度也呈现了当代人浮躁、虚无、不愿意深入思考和交流的心灵面貌。"[①]

在传统媒体时代，媒介有相对明晰和专业的"把关人"，信息的传播和流动是相对单一的；而在大众媒体时代，"把关

---

① 王光明：《我们时代的"经验之诗"》，《光明日报》2015年8月17日。

人"的作用和权限不断弱化。网络上，每个人成为自己的"把关人"，人们的言论和行为方式获得了空前的自由和释放，也通过各种传播通道得到空前范围的宣讲和分享。不得不说，基于互联网为基础的大众传播是一把显而易见的双刃剑，它让诗歌从文学金字塔的顶端向大众倾斜，也让诗歌沦为了大众狂欢的一种介质。我们传播的究竟是诗歌本身，还是仅仅诗歌的外在形式？按照大众传播的理念，如果仅仅把诗歌视为一种"信息"，那这种信息所携带的形式，这种形式的广泛传播，究竟是带给人类文明新的进步还是其他？也许我们可以说，在当今传播语境中，当代艺术和诗歌的表现形式、内部变革趋于同步，处于同一个频次，同样呈现出一种观念大于形式、阐释大于实质的情形。

不可否认的是，无论是公共话语空间相对封闭的时代还是众声喧哗的互联网时代，人们更容易被"现象"吸引关注；文学界自然也是如此。极端的诗歌事件通常会赋予诗歌格外的传播价值而引发非常态的关注，如海子卧轨、顾城杀妻自杀案等。在事件中，人们的关注点并不是诗歌，"诗人"也不过是一个符号，将事件中的人物从大众中区别开来。而诗歌文本则成为无关紧要的"形式"。在今天的大众传媒语境下，事件层出不穷，话题不断，甚至还可以被"制造"，讨论诗歌的形式似乎变得难以客观、尤为艰难。大众对诗歌形式的诉求和认知有了更芜杂、更"接地气"、更时尚的审美标准，同时也导致了一些商业行为与诗歌的结合，如当今一些房地产开发商大幅使用"面朝大海，春暖花开"作为滨海临江的楼盘广告。某种程度上，现代传媒极大地拓展了诗歌的传播空间和影响力，但也大幅度地压缩了诗歌的精神空间并降低了诗歌的审美境界和精神层次。在这样一种"价值失范"和"形式失传"的社会现实和传播语境之中，诗人们是坚持经典化的诗歌理想和道路，还是拥抱大众的喜好，与商业文化握手言和？会使用回车键、会写分行文字的人是否都能成为诗人呢？传统的诗歌价值是否已经被完全打破，随之而来的形式变革又是什么样的？这些问题还留待社会文明的进一步发展以及时间的沉淀和考验。

值得重申的是，无论是什么样的传播形式、什么样的传媒语境，传播价值和事物本身的价值是不完全对等的。纵使诗歌在现代媒体语境的传播过程中附加了许多冗余和噪声，但它的本质依然是人类灵魂深处的歌吟，它所承载的价值是人类心灵的价值，应具备通往永恒和隽永的高贵品质。诗歌的形式，无论内在形式还是外在形式都是为这样的价值和品质服务的，诗歌在时代中的演进也必然包含对这种价值的坚守、反思、丰富和精进。将传播的还给传播、诗歌的还给诗歌，才可能建立一个更加具体、有效的坐标来讨论形式问题，无论是传播的形式还是诗歌的形式。

四、与其说"形式"，不如说"秩序"

回到现代诗歌文本本身和一个诗人的诗歌写作当中，相对于大众文化的"他律性"，笔者以为"诗人的自律"是创建更丰富、更精深的诗歌形式的基础。哈贝马斯曾阐述过"艺术自律"这一概念，他认为所谓艺术自律就是"艺术作品针对它们用于艺术之外的要求而保持独立性"①。哈贝马斯强调的是艺术作品的独立性，也即艺术家的独立性，特别是对"艺术之外的要求"应保持一种清晰的判断、自觉和厘清。这种独立恰好是与大众传媒、商业文明无孔不入、深度渗透的当下环境相悖的。但这也正是艺术和诗歌的张力和魅力所在，它需要有独立的认知、鉴赏和表达能力，还要有强有力的艺术精神有效扬弃影响自身建构的外部或内部因素。

20世纪50年代，台湾诗人纪弦所拟定的现代派诗歌"六原则"中不仅强调了现代诗歌的美学来源和诗歌文体建设上的自觉性，更重要的是他强调了现代诗的"知性"和"纯粹性"。这种有关现代诗歌的非工具性、非功利性的认知和梳理，在语境纷繁复杂、速食文化盛行的当下，更具有重要的、应再次重申和强调的意义。现代诗歌形式的建设，经历了数度美学观念的革新以及与大众的疏离、交互、再次疏离，还将必然迎来更多的方向和外延。然而，作为诗歌本身的存在，诗人自我的书写，也必然置身于更开放、更庞杂的全球化语境当中。这为诗人们的形式探索提出了更高的要求，也提供了更多元的美学维度和书写可能。与其说人们在探索"形式"，不如说人们在寻找更恰如其分的"秩序"，美学的、文化的、历史的以及传播的。

波兰诗人米沃什在《作家的自白》中写道："文明并没有满足我们对于秩序，对于清晰透明结构，最后对于我们本

① 彼得·比格尔：《先锋派理论》，高建平译，商务印书馆，2002，第198页。

能地理解为'事物之合宜'的一切的需要。"①诗人对人类文明的反思和对秩序的需要，使其具备清醒的自觉和写作的独立，"我并不赞成流行文学、艺术和广告提供给我的哲学主张"②。而在今天，流行文学、艺术和广告大行其道，充斥着人们的视野，甚至混淆了人们的视听，在某些领域甚至出现了"劣币驱逐良币"的不良情况，文学真正的价值得不到尊重，社会各领域的传统秩序被不断解构，而真正的文明秩序尚未建立。这些外部环境都在影响和考验着一个诗人：如何认知我们身处的时代和文明；如何理解借由人类科技文明、商业文明而来的事物，它们与人本身建立的关系；诗人如何建立属于自身的秩序、提升自身的人格境界，也许才是形式探讨的核心命题。

贡布里西在《艺术的故事·导言》中这样开篇："实际上没有艺术这种东西，只有艺术家而已。"③也许也没有诗歌，只有诗人。诗歌所有秩序的建立和完善，完全依赖于诗人独立、自律、积极的劳作。

---

① 林洪亮、蒋承俊主编《桔黄色旅行中的奇妙瞬间》，中国社会科学出版社，1993，第66页。
② 同上书，第71页。
③ 恩斯特·贡布里希：《艺术的故事》，范景中译，广西美术出版社，2008，第15页。

诗歌的岩壁和先锋的回声

——论张清华的诗歌批评实践

　　早在20世纪90年代，特别是1997年《中国当代先锋文学思潮论》的出版，学者张清华就以极具创造性的史料考证、理论思辨和文本深度阐释能力引发了学界的广泛关注。多年来，他的文学研究与批评以精微、翔实的史料和颇具学术创见的史识意志构建了多重文学对话的路径。张清华作为一个理论丰赡而体量庞大的学者和批评家被人们广泛熟知，无论是文学史、文学理论还是作家、作品论，他都极富耐心地在反复认识和重新发现的过程中开掘出独到的思路和洞见。诸如《文学的减法》《境外谈文——中国当代文学中的历史叙事》《从启蒙主义到存在主义》《存在之镜与智慧之灯》《火焰或灰烬——二十世纪中国文学中的启蒙主义》等著述，不仅彰显了一位现代知识分子的启蒙视角和批评立场，也展示了一个充沛着诗性和激情的创造者在"由语言通向历史"道路上的孜孜不倦。

　　如此耕耘30余年，在文学研究和批评领域大显身手的同时，张清华还在小说、散文随笔和诗歌等文学创作中蕴养了一片"秘密花园"——《海德堡笔记》（随笔集）、《我不知道春雷是站在哪一边》（诗集）、《形式主义的花园》（诗集）等心灵滑翔地是"诗人华清"的生命诗学的现实袒露和亲身力证。张清华始终以与诗人同行的方式，力求精神境界与原著创作者达到"对称"的态度从事着诗学研究和诗歌批评。他的诗歌研究在文学内部的审美上建构起诗学与生命个体、精神分析的文化逻辑链条，在宏观视野中探讨诗歌理论史上具有连贯性命题的同时，他也深入文学的时代情境中，真正置身于诗歌的发声现场，去思考"诗歌作为大众娱乐的媒介完全有可能""中年写作要不要抒情，怎么抒情"等一系列问题。张清华深潜于诗歌内部的诗学建树和诗歌创作，已然成为当代诗歌批评的一种典范。

一、指认与命名：从问题通向本体

在《百年新诗与"师大诗群"的前世今生》一文中，张清华开宗明义地写道："鲁迅所开辟的诗歌写作传统，或许才是真正'正宗'的。虽然很久以来，人们将其当作'散文诗'，而狭隘和矮化了它的意义，但从大的方向看，鲁迅的诗才更接近于一种'真正的现代诗'，其所包含的思想、思维方式和美学意味，才更能显示出新诗的未来前景。换言之，鲁迅所开创的新诗的写法，对于新文学和新诗的贡献是最重要的。"[①]这种充满创见和勇气的指认是张清华独特的批评口吻，他的自信来源于对文学史料的精通以及对文学本质的体认。在对百年新诗传统和理论建树做出精准总结后，他回到诗歌本体，以"重提文学性研究"的眼光面对我们自《诗经》始累积了两千多年

---

① 张清华：《百年新诗与"师大诗群"的前世今生》，《文艺争鸣》2016年第8期。

的"史料"。作为一个具有宏观史识视野、史料功力深厚的批评家，他深刻地体察到一代代诗人（诗潮）被推向历史的前幕，并不完全是诗歌本体的"美学地震"，而往往是诗歌运动带来的"移山效应"。在《第三代以后历史如何延续——关于70后诗歌一个粗略扫描》（与孟繁华合著）中，他不无感慨地说："回顾现代以来世界范围内的诗歌运动，颇有点儿像是这种造山的过程。有时过于激烈，对于既存的传统与秩序造成了剧烈的冲击。"①而这种"造山运动"，恰好是诗人们跻身诗歌谱系和诗歌史的重要方式之一。张清华显然是对这种脱离诗歌本体的"造山运动"存有疑虑，随之而来的问题即是"第三代"之后的诗人该以什么样的方式登上历史的舞台？历史该如何延续？是依赖一种"运动式"的出场策略还是静水深流般以文本立世、等待着被指认和命名？这是每一代诗人必须回答的命题。张清华似乎期待着一种更贴近诗歌本体的精神崛起来打破过往结构性的存在和局限。通晓中西方诗歌观念史的他所推崇的是古希腊亚里士多德《诗学》中关于创作和文学的阐释和概括，那些关于史诗、抒情、涵盖内容、形式、美感、受众等方方面面的指涉，是关于文学本体的求索。那无限接近于一种"纯诗"的文学理想和诗意诉求在一代代创作者那里被实践，有时我们也将其命名为"先锋"。

在为张清华带来学界广泛关注和声名的《中国当代先锋文学思潮论》中，他以学术整体性观照探讨了中国特定语境中的

---

① 张清华、孟繁华：《第三代以后历史如何延续——关于70后诗歌一个粗略扫描》，《文艺争鸣》2016年第5期。

"先锋文学"。值得注意的是，他敏锐地捕捉到先锋思潮最早诞生于诗歌领域，这比小说等文体更加深远的轨迹并非始于浮出地表的"第三代诗人"。"先锋"的风暴眼早在20世纪60年代的黄翔、哑默、食指等诗人那里酝酿并生成，到20世纪70年代"白洋淀诗群"那里已然成形。"谁是先锋？"这被学界反复讨论的话题似乎已形成公论，在徐敬亚《崛起的诗群》、朱大可《燃烧的迷津——缅怀先锋诗歌运动》等描述之外，张清华重新勘察并发现了遗落在潜流之中的"先锋"。2015年发表的《谁是先锋，今天我们如何纪念》可以视为是对《中国当代先锋文学思潮论》的余论以及张清华对"先锋诗歌"的重新发现和再认识。在文中他详尽地指认了以伍立宪、黄翔、哑默、路茫、方家华、莫建刚、梁福庆、吴若海、李泽华、王刚、王强等诗人为代表的"潜流文学"贵州诗人群；这一诗人群体正是未能进入浩荡声势的先锋"造山运动"中被忽略的声音。文学批评是一项需要具有考古精神的工作，文学批评家不仅要在史料的主流和分支中通过对具有延续性的宏观命题建构起理论谱系，还要在打捞吉光片羽的同时完成对重要文学实践的指认、祛蔽、命名和重释。张清华的诗歌批评就体现了这种重新发现的自觉和敢于指认的魄力。他在辨认和深入先锋文学内部的同时，意识到"先锋是一大堆重要的或试验的文本"[1]，而先锋作为一种文化与文学的实践，又该何去何从？特别是20世纪90年代以来，文学的娱乐化转向"既为文学的表达开辟了新的局面，但也使文学逐渐陷入了自身主体性的危

---

① 张清华：《谁是先锋，今天我们如何纪念》，《文艺争鸣》2015年第10期。

机之中"①。

面对诗歌实践中的种种"未完成"和"危机"，张清华总是锲而不舍地跟踪着诗歌内部有可能发生的裂变，时常表现出知识分子的历史责任感和忧心忡忡，以至于他的诗歌研究和批评总是带着强烈的问题意识和未来关切。这在他《实验与选择，变奏与互动——百年新诗的六个问题》中尤为凸显。他从"写作资源与外来影响""象征主义、现代性与新诗内部动力的再生""历史与超历史、限定性与超越性""边缘与潜流""现代性的迂回与承续""平权与精英，百年的分立与互动""经典化、边界实验"②六个方面系统而深刻地论述了百年新诗道路中的问题和启示。这是诗评家在宏大视域下对新诗实践较为全面而独到的总结，其中包含了历史纵深中的道路抉择、时代横向发展中诗人们具体的探索和处境。近百年来，中国新诗的诗歌观念和实践经过持续的调整与对峙，在现代性的道路上迂回曲折地向前，诗歌面貌既先锋也多元，但缺乏真正先锋的批评家进行系统的指认、命名并做出客观的评估。张清华认为提出这些问题的意义在于"回溯历史、评估当下"，这些问题中所蕴含的诗歌本体建设的历史与现实，无疑为怎样通往"真正的现代诗"提供了思路和启发。

---

① 邱晓丹：《论王朔现象与20世纪80年代文学的转向——兼论当代文学与影视关系之变迁》，《文学评论》2022年第5期。

② 张清华：《实验与选择，变奏与互动——百年新诗的六个问题》，《中国现代文学研究丛刊》2022年第2期。

二、生命诗学：从诗歌理解诗人

在所有文学体例中，诗歌是离个体最近的心灵之声，诗歌是诗人用情感、经验、心血所缔造的一种语言生活，是生命最真挚的声音。正如格雷夫斯在《现代派诗歌概论》中所说，"诗是一种极敏感的物质，让它们自己凝结成形比把它们装进预设的模型效果更佳"。因此，在诗歌批评中，很多现成的文学理论、学说也无法批量"盛装"诗歌这一文体。知人论诗，由诗近人，从鲜活的个体感知切入历史的浪潮，是张清华诗歌批评最为显著的特点之一。张清华这种回归生命本体的"生命诗学"在充斥着以偏概全、以诗歌流派的群体性描述代替个体特质、以概念化、符号化的诗歌思潮忽略诗人个体视角的诗歌评论中如同"一股清流"。

正如他在课堂教学中讲到海子，他意识到面对这样一个诗人、一种具有极大社会影响力的"文化事件"，绝不可以敷衍了事。虽然"讨论海子是一个足够危险的话题"，他克服了种种外在的压力和内心的不确定，抱着这样的初衷：解读海子是"真正涉及从本体和哲学上理解诗歌、理解文学与艺术的宝贵话题。所以，解读海子无异于一次精神的启蒙，从他身上可以衍生出众多属于精神现象学的话题"①。于是，《海子六讲》这样针对单一诗人的深度系列解读得以呈现。虽然预设了诸多前提和特定的语境，张清华认为解读海子的入口就是那被众多

---

① 张清华：《海子六讲之二：以梦为马的失败与胜利、远游与还乡：海子诗歌入门》，《文艺争鸣》2019年第4期。

文艺青年争相传诵的《祖国（或以梦为马）》。他首先从"语言的返还与穿透力"的角度，来确认了海子这一"名篇"的艺术性和思想性，并引发了对诗人生命人格实践的思考。虽然在1992年5月《海子诗全编》编竣时，编选者西川已经确信海子作品"跨时代的价值"，但这一论断还未历经时代的考验。在近20年后，海子诗歌"跨时代的价值"在张清华这里得到了具体而充沛的估量，他将海子《祖国（或以梦为马）》和李白《将进酒》，屈原的《离骚》《远游》对照，确认海子作为一个现代汉语的使徒，深知自己的使命，他年轻而苍老的灵魂早早参悟了历史与文明"寒冷的骨骼"，当生命的有限、个体的局限被洞彻之后，他用语言获得的超越和囚禁充满了"毁灭的恐惧与激情"。可以说，张清华对海子的解读以精神分析的方法入心入脾、惺惺相惜，常让人生出知音之叹。在《这世界上最残酷的诗意》中，张清华甚至用无比感性而伤怀的笔调描述了他的一个梦境："梦中我来到位于昌平的中国政法大学校园"。这是海子生前工作过的地方，接下来张清华在半梦半醒间沿着海子生前诗中的线索按图索骥，种种场景如同诗人步履所至，荒凉又孤寒。然而海子在生前与张清华从未有过交集，张清华认为这恍然的梦境是诗人留给自己的"想象的剩余"，这何尝不是一种诗人与诗人跨越时空的心灵感应呢？生命的诗学在此获得了最深沉的回响，这恐怕是海子生前无法想象的理解和知惜。缘于这份理解和知惜，张清华在后来真正踏上那被诗人咏唱过的麦地和平原，也见到了那个会背诵儿子诸多诗篇的老母亲。诗歌能否消弭生与死的距离？古老的大地曾怎样启示着远行的诗人？生者世俗的心愿是否能够通过诗歌的永生得以补偿？批评家纵有万般心灵映照的时刻，也难以承受这"残酷的诗意"——生命难以承受之重让张清华再次确信，只有用赤诚之心烛照那命运的幽邃，才能亲近诗人，去真正理解那一行一句中埋藏的惊雷和风霜。正如秘鲁作家马里奥·巴尔加斯·略萨所言："文学为不驯服的精神提供营养，文学传播不妥协精神，文学庇护生活中感到缺乏的人、感到不幸的人、感到不完美的人、感到理想无法实现的人。"

这种缺乏、不幸以及不驯服、不妥协的精神，张清华在阅读女性诗歌时应该体会得尤为深刻。无论是翟永明"黑夜的意识"中那巨大而痛楚的灵魂、唐亚平《我举着火把走进溶洞》中"带着血的热情和孤独"，还是伊蕾惊世骇俗的"你不来和我同居"、陆忆敏"谁曾经是我"的诘问……还有舒婷、林子、傅天琳、王小妮、林珂等女诗人都以自己独特的声调唱出了那不仅仅属于自己的悲哀。张清华以一颗体恤之心，从她们那近似锐利的嗓音中听出了这一群体身上所负荷的古老重量。他以一种近似悲悯的语调写道："只有从女性话语的角度找到女性主义诗歌的意义，才能最终肯定其作为文化反抗的意义。"[1]长期以来，女性写作并没有真正成为"思潮"进入文学的主流视野，"第二性"（波伏娃语）的社会话语结构让女性写作始终处于浓重的暗影之中，张清华在他的诗歌批评从个体文本到总体思潮，给予了她们公允的位置，同时也理解她们的处境："女性意识的觉醒，会更加反照出女性话语缺失

---

[1] 张清华：《中国当代先锋文学思潮论（修订版）》，中国人民大学出版社，2013，第291页。

的困顿，因为某种失语的焦虑便是在事实上更加困扰着女性写作。"①

事实上，困顿和焦虑不只困扰着女性诗人，任何一代诗人都面临着各自的困顿和焦虑。笔者曾在现场聆听过张清华的讲座，他列举的诗人范围宽泛，直指诗歌现场。比如他分析了沈浩波、巫昂等"70后"诗人的文本，同时也对草根、底层的写作给予客观的评述。他并不以"学院派"的保守和自矜厚古薄今，他仔细辨认和肯定新诗发展序列中那些真切而具体的存在，诗歌就是当下、此刻的心跳，是一个个鲜活的生命以他们的文本说出人类具有普遍性的体验和冒险，他重视个体的文本实践，也将他们纳入总体性的视野中考察。在深入海子的精神世界时，张清华自称他是"'同时代人'中的未亡者"，在长期的诗歌批评中，他更像一个始终与诗人同行的知音，他是他们真诚的读者、为他们正名的勇士，他就是他们中的一员。正如他自己所说，"我没有同我的论述对象保持'学术的距离'，而是坚决地与他们站在一起"②。

三、华清与清华：互为镜像的诗学

如何坚决地与诗人们站在一起呢？批评家张清华另有蹊径。"诗人现在你第一个上场/花朵的葬仪已经结束　无须对

① 张清华：《中国当代先锋文学思潮论（修订版）》，中国人民大学出版社，2013，第293页。
② 同上书，第342页。

物/感伤　吟过的主题不可重现/这就是神祇退出后的空旷"
(《悲剧在春天的N个展开式》）；"听——与二位一样，他
以夜枭的方式/剪裁着安详的烛光，拨动低音的马群/用苍白的
指尖，将神秘的暗语敲响"（《听贝多芬——致欧阳江河与格
非》）；"隔着稀薄的空气，隔着命运的/舷窗，都能听到你
剧烈的咳嗽"（《中年的假寐》）……这些充溢着抒情和生命
哲思的诗句来自一个叫"华清"的诗人，很长一段时间里，很
多人甚至无法将它们与"批评家张清华"联系在一起。艾布拉
姆斯在《镜与灯》中指出，"艺术品本质上是内心世界的外
化"，所以，拥有诗人的内心世界是理解其他诗人最直接而有
效的途径，单纯依靠阅读、解析、阐释这些外部工作是不够
的，让自己成为诗人则是最可信的道路。霍俊明认为，"批评
家的诗"已经成为一种极其特殊的"文体"。这种"特殊性"
不仅因为批评家对诗歌的界定清晰，对诗学理念也形成了自己
较为系统、成熟的体会，这在他们的创作中也会有重要的影
响。而在诗人华清笔下，那种"批评家的口吻"几乎被藏匿
了，他的感官变得异常灵敏，"光线弱下来，但也发出奇怪的
沙沙声"（《枯坐》）、"时针指向正午，只有咔咔的响声，
却一动不动"（《春困》）、"呵　他的耳语和玉米的拔节声/融
为了一体　和玉米下蛐蛐的鸣叫声"（《耳语》）……也许这
是张清华卸下批评家那些历史责任、文学使命感的重负后最轻
松的时辰，他与镜中的"华清"对面而坐，四下无人。生命最
本真的潮汐涌动着，与之同行的那些诗人一定也有过无数这
样的时刻，正如他在诗歌创作谈《我想让过去的一切凝固下
来——关于诗歌写作这件事》中引用了奥克塔维奥·帕斯的一

句名言：“大约是说，所谓诗歌就是让某个流动的瞬间在语言中凝固下来，变成连续的现在。”这便是时间与存在的奥义，无数诗人试图用书写阐述这有限的生命中所体验到的奥义，诗人华清认为“要设法在自己的诗歌里建立一个‘隐性的他者’，让自己成为与别人一样的人，而不只是自己”[①]。这也许就是批评家的意志使然，他知道自己所写下的一切必将沉入历史的暗道，但只有那些能够被进入、被抵达的公共性、普遍性的经验才能“与历史、与前人，与现实、与他人的共同处境建立联系”，这种联系就好似“华清”与“清华”的互文，是时空深处的镜像，又是面对此身的实在。

美国现代艺术之母乔治亚·欧姬芙也曾说，“当你仔细凝视紧握在手里的花时，在那一瞬间，那朵花便成为你的世界。我想把那个世界传递给别人，大城市的人多半行色匆匆，没有时间停下来看一朵花”。诗人和艺术家就是那停下来看花、同时能够把花朵传递给别人的人。诗歌中那些打动人的瞬间恰好是那些非理性支配的感性元素；逻辑、知识、理论在生命能力迸发的时刻往往是失效的。一个批评家如果拥有了诗人的创作经历，在细读文本时便能将自己的创作经验、思想、感受以及力有不逮的局限性融会其中、言之有物。以诗人之心理解同行的写作，便能理解那些内心的雀跃、暗影或细微的颤动，比如张清华在《语词的黑暗，抑或时代的铁——关于郑小琼的诗集〈纯种植物〉》中，他认为不能以“概念化、简单化”的符号

---

① 张清华：《我想让过去的一切凝固下来——关于诗歌写作这件事》，中国作家网，http://www.chinawriter.com.cn/n1/2022/0705/c447005-32466829.html。

命名方式将其笼统地称为"打工诗人"，而郑小琼笔下"铁"的意象也是在不断书写中完成了丰富而确定的意义。在《灵魂的蛇形——关于路也的两首诗》中他以蛇与世界的关系这个精妙的譬喻，解读了路也那种"迅猛尖锐又把握不定的幻觉，恰是遥远的天籁又如世俗的絮语唠叨"，这种充满着对照的表述，也恰是一个成熟的批评家兼诗人所能驾驭的文本细读的能力。吉狄马加、骆英、蒋三立、朵渔、安琪、寒烟、潘洗尘、桑克、大解等众多活跃于中国诗坛上的诗人，都被张清华认真研读过，他从同行们那里一次次听见"黑暗的内部传来了裂帛之声"，也感叹"一切不可言传的都是生命的赞美词"。诗人的语言背后是他们自己与时代的一次次肉身相搏，他设身处地地理解他们的感受，并以手艺人一般的眼光，欣赏着同行们的技艺；与他们对话，成为他们在场的交谈者。然而，他也冷静地观察着一代代诗人的探索与进展，他认为自己不是一个简单的"进步论者"①，随着时代的变迁、传播方式的巨变，诗歌有无数的可能性，需要读者认真阅读和鉴别。长期的批评家工作训练了张清华如何保持敏感和克制，作为一个审慎的读者、一个诗人的同行，他完全懂得区分其中的界限，也明了不去逾越作者和读者之间心灵的契约。一个诗人的整体气质终要在诗行中获得精神的回声，一个优秀的诗人也必然要以更丰沛的作品为世人展现多元的精神维度以及多重面影。所以，即使张清华窥探到一首诗的文本局限时，他也能从自身出发理解人之为人的局限和诗人的瓶颈和困境，整体的得失和无意识经验。

---

① 张清华：《像一场最高虚构的雪》，北京大学出版社，2017，第229页。

某种意义上，诗人们的写作实践迫切需要回答如何处理自己与时代的经验。张清华以前瞻的视野关注着时代前沿的课题，比如从文化地理角度观察中国当代诗歌、"写作的碎片化、材料化或者未完成性"等问题。当我们身处的时代无可争议地被互联网所联结时，诗歌的写作和传播都发生了不同层次的巨变。张清华认为"网络新媒体是一种'文化平权'的实践，无疑会降低门槛，强化娱乐性、大众参与度"[①]。面对消费文化、商业文明的冲击，他恪守着"生命本体论的诗学"观念，认为即使人工智能技术迅猛发展，但没有生命就不存在诗歌。诗人深信不疑的信念感也许正来自他对人类灵魂深处那种饱满真挚的感情体验："其实生命中大部分的处境都是如此/从未抵达，却比故乡还要亲切/如同一些梦从未梦到，但却有如/旧梦一般。这不，此刻你读到一首/从未读过的诗，你竟然感到它/是你多年前的旧作。"（《春梦——兼致张枣》）就在生命的流逝和回望中，诗人华清与一个个熟悉、陌生的诗人达成了灵魂的共鸣，他触摸着那些写作的细部、参与历史的雄心、幽闭于一隅的想象，一代代人站在新诗的起点或节点上，在现代性复杂的镜像中，寻找着一种失落或还未全然成形的心智。西班牙诗人希门内斯曾说，"诗歌是献给无限的少数人的"，诗人华清在他的诗歌花园中洞悉着这一切，而批评家张清华决意将这"无限的少数人"无限地释放出生命的可能，他既为具体的个体"塑像"，也在时间的维度上一遍遍擦拭着诗歌这一文

---

① 张清华：《中年写作要不要抒情，怎么抒情？》，《中华读书报》2019年5月6日。

体的尊严。

张清华的诗歌批评与诗歌写作是对话，也是创造，是中国文坛另一种先锋的文本和存在。亚里士多德认为"诗歌比历史更真实"，而张清华躬耕于文学事业数十载，更能体会的是诗歌比历史更久远。生命的多义和奇迹在诗歌中获得了那么具体、生动而神秘的表现，那么多丰饶而真挚的诗人能够穿过时空与我们对话。张清华异常珍视人类中那些前仆后继者一次次精神的历险，不然他怎么会在自己的学术著作《中国当代先锋文学思潮论》的扉页引用骆一禾的诗句呢："我们一定要安详地/对心爱的谈起爱/我们一定要从容地/向光荣者说到光荣。"

南方与世界：从昙摩耶舍、通草画到大湾区

几年前，友人自外地来粤，特地寻访慕名已久的光孝寺。"未有羊城，先有光孝"，这句广东民谚反映了光孝寺久远的历史及它和广州这座千年老城紧密的联系。达摩、六祖慧能、鉴真等历代名僧的足履和遗风让这座岭南古刹声名远扬，在佛教界保有崇高的地位。客居岭南近20年，虽多次走访光孝寺，对其建造和历史沿革也有一定的了解，但也只知道它的前身是南越王赵佗孙赵建德的故宅，三国吴国都尉虞翻被贬岭南时曾在此驻宅讲学。友人问我，这里何时改建为寺呢？又是何人传佛音到粤地？真真是难倒了我，而我环顾周遭，翻查史料，发现能讲全这个原初的"广州故事"的人没有几个。

直到两年前机缘巧合，我得以全面考察了广东佛教的历史，溯源至一位名为"昙摩耶舍"的西域高僧。这位高僧的生平在皇皇十四卷的《高僧记》（南朝梁僧慧皎著）中的记载仅一百余字，但他却是岭南佛教史上真正的"开山鼻祖"。公元398年（东晋时期），昙摩耶舍自罽宾国（现克什米尔地区）航海东来，在南海郡季华乡（今佛山；"佛山"和"禅城"的得名都与昙摩耶舍的到来密不可分）结庐讲经。几年后，他到达广州，弘法岭南，并在光孝寺修建大殿，驻寺说法、译经，后北上长安，又至江陵。我无意于复述昙摩耶舍这位精通"经、律、论"、上承释迦牟尼下启六祖慧能、"甚为稀有"

的佛学集大成者的一生，而是在了解这样一位"源头性"的高僧与中国古代南方的关系时，想到了"南方"不是地缘性的偏远一隅，它曾是一种"中心"的存在。昙摩耶舍历经千难、涉海而来，是何种因缘促使他在南海一带广播佛音已不得而知，但这由遥远世界而来的新事物，从塔坡一间小小的茅舍辐射向整个岭南。再往北，与中国广大北方的佛教文化汇合，并最终与全东亚乃至全世界相连。佛教作为中国文化重要的组成部分，其传播和接受可以说是一个世界性的恢宏传奇，"佛从海上来"这一脉并非一个从"边缘到中心"的故事，而是真正以南方为起点和中心展开的故事。

在昙摩耶舍离开中国南方后的1000多年，光孝寺衰荣浮沉，刻写了众多高僧大德的正果修行，至今依旧是中国南方最为重要的佛教寺院之一。迢迢而来的信客、旅人，不仅是为了与众不同的南方景致，更是融入了文化和信仰的追随。今天，当我们说起"南方"和"新南方"时，是在地理空间和文化风貌上与"北方"和古代"江南"形成一种对照。然而，站在昙摩耶舍曾登陆的南海之滨，以一种朝向世界的视野和格局来看待"南方"的话，它必然拥有海洋的胸襟和气度，也有自己独特的视域以及看待、回应世界的方式。

探访光孝寺后，便可移步到粤地近年特别热门的游览胜地——永庆坊一游，这里保留着广州老城旧时西关的传统风致，又以现代、时尚的氛围向人们展示着粤港澳大湾区的新气象；姑且可将此地视为一个领略湾区文化的"速食窗口"。

在永庆坊的粤剧博物馆看通草画是极有趣味的。由于材质的限制，通草画的面积都不大，两三只手掌平摊足以覆盖一整幅画——我就这么在展厅的玻璃画框上比画了一下。通草画之所以精巧别致，皆因它的原料并非传统意义上的纸浆法制造的普通画纸，虽然西方人将它称为"Rice paper"，但它并不是大米米浆所制，而是以通脱木（通草）的树茎茎髓手工切割而成；树茎天然的大小就决定了通草画的尺寸。通脱木直径不大，但古代广州画师巧夺天工，"螺蛳壳里做道场"，在小小的通草纸上将中国清代的各类人物及生活场景描摹得栩栩如生。穿袍子的官员、抬轿子的轿夫、吹笛的乐姬、骑马扛旗的兵将、纺织的妇人、扛箱子的货郎、嬉戏的孩童、拈花闻香的富贵闲人、正在叉草的农夫……通草画通常以单个或一组人物为中心，描绘社会各阶层人士的生活化场景，造型生动、色彩浓艳。如将通草画胶卷一样串联起来，一帧帧慢慢播放，旧时中国南方世态风情就会像一幕幕有声有色的电影，里面的人儿嬉笑怒骂，活脱脱地从清代跃至眼前。

清乾隆二十二年（1757），广州被指定为中国唯一的对外通商口岸，这里不仅成为中外贸易的唯一出口，也成为文化艺术交流的"集散地"。18至19世纪，不少西方画家聚集于广州作画，一大批以中国风土人情为主题的风俗画从广州出海，名噪一时、风靡西方。这些包括通草画在内"批量生产"的画作被统称为"外销画"，这一时期广州十三行内外销画成为行业性的手工业品，几十家画坊、几千人作画的场面蔚为壮观。而通草画成为当时中国最时髦的明信片漂洋过海，向世界讲述着"古老东方"的故事。艺术品成为文化交流和文明互鉴的"信使"历来有之，通草画就是旧时中国探索世界、展示自己的一扇"窗口"，它承载着以广州为起点和中心的"世界性的使命"，以全然世俗化、开放性的方式完成了一次世界性的对话。如今，传世的通草画作品几乎都在国外，大英图书馆、荷兰莱顿民俗博物馆、牛津大学博德利恩图书馆、塞西尔画廊、剑桥菲茨威廉博物馆等这些西方机构中收藏着不少通草画的精品。有意思的是，今天中国博物馆中的通草画藏品很多还是从西方"回流"归家的——人们对日常事物的珍视有时来源于他者的提示。正如"南方"是在与"北方""世界"的对照中而形成的观照。

如果说昙摩耶舍、通草画讲述的是中国南方古老的故事，这些故事的核心并不在于人物和物事，而在于沟通和传播；人和物只不过是信息的载体和媒介，本质上这是世界通往中国、中国朝向世界的一种"进程"。在这流动的过程中，我们看到的是时间的深河中，人类探索陌生地缘的渴望、对未知事物的理解和求索、对自身存在的确认以及与他者精神的交互和延续。

——这样的渴望和求索自人类诞生以来，从未停止过，只不过在不同的历史时期，人类所面对的具体对象不同。在东晋时期，昙摩耶舍所抵达的中国南方海域，还是一片荒芜的滩涂，他的使命就是将自己多年修习所得广播此地与彼处，并让佛音超越陆地和海洋而相连。从这种意义上说，人类创立宗教、哲学、艺术、科技等等，都是试图打破认知和沟通上的隔阂，试图在广袤宇宙中走得更远一些。岭南古道如是，通草画如是，海上丝绸之路如是，横跨大湾区的桥梁亦如是……南方，无论古今，都是一个故事的起点或驿站，它所承载的不是物换星移、人事更迭，而是人类心灵深处饱经磨砺却不曾断绝的愿景。今天，我们说到"新南方"，它所对应的愿景是在中国东南沿海城市群的现代化进程中，人们怎样梦想和改造自己的家园。高楼、绿道、中心公园、艺术场馆、步行老街……外显的事物是人类内心世界的部分彰显，精神的塑造却无法在一个个器物之间短暂成形。今天，我们如何认识和讲述"新南方"，不是一个对过往的追溯问题，而是一个与它同步演进的复合结构。"新南方"不是一个静止不动的外在景观，而是随时都在生长、幻变的整体挪移。置身于"新南方"的光影流动中，无法只停留在静态的"凝视"中。在我看来，无论是"南方"还是"新南方"，无论世界还是中国，对于一个故事的讲述者，他必须解决的问题是事物和人不是一成不变等待着你去转述，它们时时都在变动之中，或紧或慢。正是这细微或宏大的变动和震颤之中，蕴藏着时空的张力和故事的魅力，它们等待着人们去洞察、倾听和讲述。

曾有一个小说家对我说，他觉得现代中国城市的变化太急速、太趋同，没有办法停下来仔细思忖和描绘，所以他总是思虑良久后回到乡土中国的故事中去。我觉得他的想法十分典型，很多人在中国城市化进程的巨变中难以找到适当的方式与其同步，内心充满了怅惘、迷茫和不安全感，对未来不确定的隐忧和恐惧让人踟蹰难前；他们只能将目光投向曾经的来路——乡村。然而，他们所描绘的乡村，却不是一个现实的、此时此地的"新的乡村"，而是他们的一种心灵镜像，田园牧歌、桃花源式的理想重述。这样的故事在历朝历代长久地占据人们的诗意向往，但这样的故事必有其局限和"滞胀感"，无法让人们获得新的启迪，更无法重获看待世界的新视界。

我曾在题为《博物馆之旅》的一首诗里写过，"我相信重复，也是创造历史的一种方式/或者，是众多的重复延续了历史"，将时间的尺度拉长，人类的日常生活仿若无数重复叠加的一瞬，正如我们在描绘光孝寺的光耀时，并不会事无巨细地讲述它的晨课、晚钟、菩提叶落、莲花翩翩、每一日的香客往来……我们不知虞翻日复一日的劳作，对昙摩耶舍也知之甚少，但我们知道面壁的达摩、肉身不化的六祖慧能，皆因他们的故事被人反复建构、广为流传，如同佛像上不断增厚的金粉和纹饰。

然而，仅仅延续历史是不够的，人类文明之所以递进是因为不断有新的事物出现，有新的生机在萌发。在拥有世界十大港口之三、五大国际机场、国际金融中心、中国创新高地、制造业发达的粤港澳大湾区，人们体验到的新经验早已超越了通草画上和过往书写过的生活。新南方的生存经验和生命体验也以前所未有的复杂、丰饶程度向世界敞开。世界级的巨型城市、明暗交织的城乡接合部、乱糟糟而充满蛮力的郊县、容颜大变的新型农村、世界工厂和海滨农场……新南方的面影如此纷繁，它以世界性的速度在生长，它的内在肌理涌动着新鲜的脉动，却还未被人们深深触摸。

每当我站在南海之滨，想象着一千余年前一艘西域的船只在此靠岸，船上的来客携带着玛瑙杯、犀牛角、火布等西域珍品，他们当中的很多人曾多次往返于水路贸易，他们能够简单用当地方言交谈；熟悉的炎热和潮湿扑面而来，他们愉快地融入市集。熙熙攘攘的人群中，有一个人径直向沙土的高地塔坡走去——一个世界与南方故事开始了。千年后，这里的海岸线早已变更，而新的故事正在发生。

当诗歌进入大众传播时代

　　人类的精神生产活动一旦发生总是伴随着传播和接受过程。诗歌，作为人类心灵吟唱的表现方式之一，从古老民间口耳相传的吟唱到抒情言志的重要文学体裁，它的传播印证着人类历史上的每一次传播变革。历经语言、文字、印刷、电子媒体及互联网技术，迄今人类正身处第五次传播技术变革中；而每一次传播技术的变革都加速着信息的传播速度并扩大传播范围，人们对信息的理解和接受方式也随之发生变化，社会结构也因此发生改变。正如传播学家麦克卢汉所说："每一种新的媒介的产生，都开创了人类感知和认识世界的方式，传播中的变革改变了人类的感知和认识世界的方式，传播中的变革改变了人类的感觉，也改变了人与人之间的关系，并创造出新的社会行为类型。"

　　就诗歌而言，文人唱和、行旅题壁、手抄油印、舞台式唱诵等等，都是其得以流传的方式，同时也是不同历史时期的传播特性的烙印。语言的变革和技术的革新一样昭示着新的社会思潮，100多年前，中国新诗就以其倡导的平民化、日常化的精神打破了语言的区隔。在亟待获得思想解放的20世纪80年代，人们强烈的精神诉求又将诗歌推向了大众狂欢式的公共语境之中，诗歌以一种符合大众传播的言说方式脱离了艺术的审美取向，在争论、运动、团体、教育等各个层面中积极拥抱大众、广泛传播。然而，这一时代的落幕后，诗歌逐渐淡出公众视野，回归了小众艺术的文学空间。

不过，不唯诗歌，很快小众艺术便迎来了全球性的大众传播时代。就如曼纽尔·卡斯特在《网络社会的崛起》中所说："新信息技术正以全球的工具性网络整合世界，日常生活被媒介技术整合进信息化（Informational Capitalism）中去，用户亦被卷入新媒体价值链中，服务于生产、消费和市场等多个环节。"互联网技术正以前所未有的速度整合着全世界，诗歌这样短小精悍的文体成为互联网上极易发布、转载、截取的信息内容之一。早在20世纪90年代，敏锐的诗人们就已纷纷"触网""界限""诗生活""诗江湖""灵石岛""扬子鳄""锋刃"等诗歌主题网站应运而生，一时间成为诗人们写诗、读诗、交流的公共虚拟空间；论坛、博客、微博、播客等平台的出现更是扩大了诗歌的传播范围。在这种交互性极强的媒体结构中，诗人们不再像过往那样需要用漫长的时间等待发表、印刷才能阅读和交流；朗诵、文学论坛、研讨会等传统诗歌传播方式也可以被网络上的即时对话所取代，诗歌写作在互联网上获得新闻简讯般的迅捷传播。正是因为这种书写和传播的便捷和低成本，诗歌在网络上的写作群体迅速扩大，人们以威廉姆斯《便条》一样的日常化记录自己的所思所想，用分行的格式充分展示了那些碎片化、即兴性的生活节奏和个人情趣。与此同时，这种随意性较强的写作也引发了无数次网络论争，"乌青体""梨花体"、口水诗等被广泛讨论，人们对诗歌本体的确认、探索和论争似乎也达到了一种罕见的热度，德国艺术家约瑟夫·博伊斯曾宣扬的"人人都是艺术家"的时代似乎正在变成现实。互联网不仅重新塑造着社会生态和产业结构，也对人们的生产和生活进行了全面的介入；诗歌的创作和阅读曾是人们精神生产和生活中相对小众的一环，而今却融入了大众传媒的滚滚洪流之中。2011年，腾讯公司推出的微信公众平台服务，更是让每一位互联网用户都能以塑造个人"IP"的方式打造自我的空间，诗歌主题的微信公众号迅速得到发展，众多诗刊都拥有自己的公众号，用以发布诗刊目录、优秀诗歌等，"中国诗歌学会""为你读诗""读首诗再睡觉""诗歌是一束光""遇见好诗歌"等阅读量较大的公众号持续不断地更新。在发布诗歌文本的同时，像"为你读诗"这样的公众号平台会以邀请明星、公众人物作为朗读者"引流"，并以制作精美的音频或视频直播的方式来吸引不同类型的读者和商业合作伙伴。而一些刊物、组织和个人诗歌公众号也会以视频读诗、网络诗会等方式来传播诗歌，扩大影响力。就在这种跨媒介的融合传播中，我们已经能够深刻地体会到曼纽尔·卡斯特所说的"用户被卷入新媒体价值链中"，此时的诗歌文本只是一条"源信息"，传播者的意图和方式让这条信息附加了丰富和多样的"冗余"，以适应现代人的阅读习惯和阅读喜好。很难说诗歌的价值依然停留在过去时代的文学理念当中，特别是当诗人们与商业推广合作，比如为某品牌撰写主题诗歌文案，比如在电视节目、电影上演绎与诗、诗人相关的片段。诗歌在某些时候已经成为大众传媒时代的情感消费品，我们会在不经意中"偶遇"诗歌——快递或礼品的包装袋上、节日商家促销的广告栏中、旅游宣传册上的题词……可以说，在大众传播环节中的诗歌更像是一场语言和流量的"合谋"，它以轻小、短平、快速的方式抚慰在高速运转的社会中人们的疲惫心灵，同时也印证着人类存在的意义以及精神的需求。现代社会这种类似商业用户细分的模式，让类型化的网络文学得到了空前的发生和发展，也使得现代诗歌的创作者和阅读者呈现出"部落格"式的分层，譬如，小红书、哔哩哔哩、豆瓣等平台上的诗歌写作者和阅读者以青年文艺爱好者为主；传统报刊、专业性较强的诗歌公众号的受众以职业写作者、文艺相关工作者为主；微信视频号、诗歌音频等平台往往是人们茶余饭后地浏览。诗歌不再是与远方相连的遥不可及的梦寐，而是很多人都可以参与创作、展示以及用各种跨界方式多重塑形的信息载体。

另一个现实层面上，社会的主流教育导向依然是诗歌传播最强大的力量。以粤港澳大湾区小学生诗歌季为例，这个由媒体发起的诗歌活动，关注率、投稿量最高的广东省各地市前三位分别是佛山、肇庆、东莞，其数据远远高于其他地市。原因是这些地市的教育部门的关注、引导和推动。像东莞这样的城市，由东莞市教育局、各级文化馆、中小学联动开展儿童少年的诗歌公益活动已经形成一股不容忽视的力量，在这样自上而下的示范和导向中，诗歌的普及性教育得以不断推进。而另一根"指挥棒"则是"新课标"和应试方向，这对中国人而言，是最直接而有效的学习驱动。

有意思的是，在大众传播的时代，诗歌的创作和传播也不再分属不同的环节，它们常常是具有互动性的统一体。在传统媒体时代，诗歌的发表并进入传播环节往往有赖于媒体"把关人"，即编辑、出版人、朗诵者等，从创作者到阅读者的过程是单向的。但在大众传播时代，创作者经常也承担着传播者的使命，他们将写作、发表、运用多媒体加工并发布诗歌，为了引发更具影响力的传播并塑造自己的诗人"人设"，也许他们还要与自己的读者互动和沟通来获得多重传播。也就是互联网技术改变着世界的2011年，美国学者克里斯蒂安·福克斯在马克思劳动价值理论基础上提出"产消商品（Prosumer Commodity）"论，他认为互联网用户作为数字劳动"产消者"的劳动价值实现方式主要通过线上制造内容，用户是平台使用者，也是消费者，同时还是平台广告用户，而劳动时间即是媒介使用时间。毋庸置疑，在大众传播时代，几乎每个使用互联网的用户都在媒介使用时间内制造或消费，诗歌创作者和阅读者也不例外，他们在不经意的时间流逝中完成了数字劳动的"产消"，这时候的媒介信息，无论诗歌还是其他文学体裁，已经具备了大众传播时代的商品属性，只是诗歌创作者和阅读者也许还没意识到自己已经参与到这个过程中。或许他们已经意识到这种深刻变革的来临，主动将诗歌与戏剧、音乐、舞蹈、绘画、多媒体展览等多种方式融合并衍生出新的跨界作品，小众诗歌融入公共空间的传播尝试在很多地方兴起，比如深圳的诗剧场"第一朗读者"、广州图书馆的新年新诗会、《女子诗报》的女诗人诗歌视频联展等。可以说，在大众传播时代，一件作品的呈现方式是创作者、媒体、受众综合作用的结晶，大众能够观看到的是金字塔上的耀眼星冠，而文本是金字塔底端的庞大基座。这基座的生成与互联网一刻不停的喧嚣话语无关，与几何级数增长的流量数据无关，它等待着的始终还是那颗带着生命热度、怦然跳动的心灵，它讲述着人类的悲欢、喜悦、哀愁、梦想和期盼。这也是诗歌在大众传播时代能够获得巨大回响的缘由，无论科技如何迭代，无论人们如何仓促地从众多信息中读取一句诗，他们对诗歌投注的热切目光映照着人类心灵的火光不灭。

当人们在谈论机器人"小冰"开始写诗、Chat GPT如何运作的同时，也许又一次传播技术变革正在酝酿，而诗歌也将深刻地记录下时代的颤动。当大众媒介不可避免地渗入我们每一个人的生活故事时，诗歌生发的"信号"，正面对我们的心灵地图，"扫描"着同频共振的电波。

苍鹭和它的幽灵

夜间飞行

我默记它的顺序：开膛、填进火药铁弹子、上膛
捂着左眼模仿真正的猎人怎样用一只眼瞄准
一只鸟掉下去，山林抖过之后跌进更深的寂静
铁质的冰冷，冒着生灵附体的腥气
成年后我常常会在人群中嗅到这种气味
我知道扣动扳机的时刻和走火的瞬间
我知道在一个不允许私人持枪的国度
太多人空着的胸膛

——《猎枪》

那只苍鹭被带到我家的时候大约是早上。当地的猎人们结束了整夜的围猎，天擦亮前回到家中整理这一夜的所获，他们发现了这只好看的、还活着的苍鹭。他们商量着把它送来给我——一个外来教师的女儿。我揉着还未睡醒的眼睛，就看见一只灰色的大鸟站在院子里，细长腿、细长脖子、长喙鹅黄，耷拉着灰色的翅膀。刚刚受过轻伤的鸟，转动着它的长脖子和尖喙，惊恐地与人对视，褐色眼睛水汽蒙蒙的。我打着激灵醒

过来，但不敢上前抚摸它：作为一只宠物鸟，它真是太大了！

猎鸟的最佳时分是黄昏。暮色像一个漏着沙子的口袋，一点点把白天埋进沙堆里。鸟兽们感到了这沙子的重量，窸窸窣窣穿过丛林田野，开始归巢。猎人们就藏在草窠或树干后面，举起装满铁弹子的老火枪。我的父亲也是他们当中的一员，但他经常穿着一套旧了的中山装，有时还戴着黑框眼镜，跟那些套着羊皮褂子挎着烈酒的猎人格格不入。他的队伍也十分精简——只有上完课的父女才是同步的。我们一前一后走在旷野之中，走过一片野花正在枯萎的草甸就是黑黢黢的大松林。走着走着，父亲小跑起来，他回过头嘱咐我蹲在一丛灌木背后，他则侧身躲在一棵大树背后。

光线的沙子还未漏尽，蹲在地上我还可以看到各种匍匐着的小草花：龙胆草、蓝布裙、飞廉、玉龙蕨、火绒草……高海拔的小草花瘦削单薄，香味寥寥。我热衷于把它们一朵一朵揪下来，再用灌木的枝条编成一个花冠。时不时抬眼去看父亲青灰色的身影，在灰白的树干底下仰起头和枪管。如果听见枪响，我就会抛下手中的花冠跑过去——有时父亲也会跑起来，有时他会挥手示意我继续蹲在原地。不是每一次枪响都会落下鸟来，可能连一根鸟羽都没有。天色倒是一如既往地暗下去，父亲越往树林深处走，我就越难辨认那个青灰色的身影。等直起身来朝四周看，远远近近的草木变得模糊。我就像站在磁石的边沿，黑暗被源源不断地吸附过来向我围拢。我心里感到害怕，但答应了爸爸在原地等他，只能朝磁石的中心松林深处大声喊："爸爸——爸爸——"父亲听见后会应声，我就飞快地朝他的方向跑去。

战利品以斑鸠、火雀子、山鸡为主。大多数鸟的毛羽灰突突的，被父亲用草绳扎成一串。我拿树枝挑起，扛着回家，一路上颇为开心和得意。餐桌上野味并不难得，它们都还没有出现在"野生保护动物"的名单上；在我童年的记忆里，只有苍鹭是不多见的。这么骄傲、美丽的大鸟，怎么会降服于猎人的火枪，它不过是误入了夜间的捕笼。

猎捕容易，但喂养苍鹭是一件多么艰难的事。米谷不食、虫豸不食，它冷冷地用一只细长腿站立，偏过长喙盯视你。父亲说它的翅膀飞不了了，放归山林也活不长。于是，黄昏又成了一天之中垂钓的好时辰。我和父亲并排坐在水库的岸上，他让我不要说话，不要在浮漂儿轻颤时就迫不及待地提竿……这些教诲无助于延缓苍鹭的死亡，哪怕我们钓取更多的小鱼，掰开它的长喙灌食进去，它的眼睛和羽毛还是日渐暗淡。

我已经记不清那只苍鹭最终的去向。父亲回忆起我们的夜猎生涯时根本就不记得存在过这样一只大鸟，他总是提起当他正要瞄准的时候我就会大声喊他。父亲略带嗔怪地说我胆子小，其实他离我一点儿都不远；我一喊，本已栖定的群鸟全部都惊起飞走了。我当然害怕，夜晚的事物那么秘密而不确定。就像那只苍鹭，它羽翅丰满、仪态翩然地走过自己时常饮水的河边，怎么会想到一个陷阱正在黑暗中向它收紧？

黑暗是不安全的——这几乎为绝大多数昼行动物所觉察，它们需要在最后一丝光亮中回到巢穴。只有人类发明了能在夜晚飞行的巨大壳子——飞机。我喜欢搭乘傍晚的航班，透过舷窗，看天边黄金在燃烧，云湖在吐纳。我不知道在那些充沛的气流层中，有些什么事物会随黑夜降临，伴随我们飞行。飞机在黑夜中剧烈颠簸的时候，偶尔会遇到身旁坐着信徒，他们念念有词，在胸前画着十字架祷告。而我，会掏出一支分装的小剂量香水，抹一抹手腕，再抹一抹耳背。他人的祷告和冰凉的香味在万丈高空给我的镇定是一样的。那么多植物的精魂能让我闭上眼，回到童年的旷野之中。那些黑暗的沙子涌动着向一处聚集，我仔细聆听它内部的秩序：我们呼喊，必有人应答。

2009年，我出版了第一本诗集《云上的夜晚》；2016年，我又出版了一本名叫《无数灯火选中的夜》的诗集。无独有偶，它们似乎都携带了大量来自黑夜的信息。有人在公开场合追问我：你的"黑夜"是不是翟永明、唐亚平等前辈诗人"女性意识"的赓续？而我，根本没有意识到其间的关联。或者说，我并未受过这种"黑夜意识"的规训和引导。在我这里，黑暗的来源是时序，更是无数未知的事物。早在1933年，法国著名的时尚品牌娇兰推出了一款名叫"午夜飞行"（Volde Nuit）的香水，它以柑橘味为基调，混合了佛手柑、柠檬、橙花、伊兰花、安息木等植物的香气。传说这款香水设计师的初衷是要赋予它"优雅与冒险、神秘而刺激"的风情。在我看来，世界上所有的香水，它的矜贵之处在于汇聚了人们记忆的来历，以及那些来历不明的记忆和心智。它的昂贵不在于提炼、萃取、无数种采撷无数次实验，更在于那些试炼过后的幸存——那是形体湮灭过后的凝结；对于植物，就是久久不散的气味。与其说我喜欢香水的慰藉，毋宁说是在那些气味里找到了童年旷野的氛围和一只苍鹭的记忆。它们如今粼光闪闪，在夜间飞行，像一行诗中的隐喻。我深深知道，越往生命深处走，我不知道的事物会越多。那些被黑暗掩盖或安抚了的事物，就像浩瀚的深海，我们站在甲板上，知道脚下有令人心醉神迷的奇遇，也有让人不寒而栗的冰冷。

　　黑夜到来前，我们捕猎、垂钓，采花剪草，喂养看得见也摸得着的动物，也渐渐明白，人类的恐惧并非完全来源于黑暗，也不来源于黑暗中大胆急速的飞行。成年后我再没有养过动物，笼中驯服乖巧的小鸟小雀都没有。当山林被连年禁猎的禁令围困，猎人们脱下皮裘、上缴了猎枪，在异乡学会了说普通话，喝城里人的洋酒。我像是被他们抛弃了——我还能讲出纯正的方言和土话，还记得我的旷野、苍鹭和水库。一个从小擅长在黑暗中摸索和等待的人，除了独自坐下来写作，似乎无处可去，哪怕身处几百万人孤独生活的城市（梭罗语）。在卡夫卡那里，"写作是一种祈祷的形式"，像那些在艰难航行中的祈祷者，我不晓得他们的上帝是否回应了他们，也许是他们的祈祷惠及了我。一个人在写作中，如果常常能够感到被童年的那种暮色所环绕，我们呼喊或者噤声，都是其他形式的祈祷。

　　多年来，我不断在城市和山野间逗留和迁徙，没办法与动物毗邻，倒是成了一个植物爱好者；热衷于了解全世界各经纬度上生长的各种植物。它们遵循这颗星球的自然秩序，亿万年来也参与了塑造这颗星球的面目。我很羡慕拥有敏锐嗅觉的人，他们能根据植物散发的气味来判断它们的生长环境，那里土壤酸碱度如何，日照时间是长是短，水分是否充足，等等。这样天赋异禀的人能成为一流的调香师，他们能将植物魂魄中最精华的部分析出，并让它们相互辨认、缠绕，熔为一炉。植物的慰藉无疑也是一种祷词，让人安于山川草木的不回应，安于在世事变迁中领受属于自己的独一无二的命运。

从岭南到岭南路

在这里住过的人不一定去过边远的滇西小镇
住在那里的人接受从这里颁布的律令、课税、无常的喜怒
尽管门敞开着，钥匙在拧别处的锁孔
尽管珍宝摆在玻璃柜中，影子投射在人群触不到的位置
穿红戴绿的人走来走去，讲着全世界的方言
母亲问我，早上最先听见的鸟鸣是喜鹊还是乌鸦
我想了一会儿，又一会儿
不知这里的鸟是否飞出过紫禁城
不知鸟儿可会转述我们那儿的风声

——《陪母亲去故宫》

飞机快要降落时在城市上空盘旋，最好看的还是大都市的夜色。人类用顽强的创造力及破坏力在大地上垒砌出众多星座，灯火璀璨，彻夜不歇。我在一年之中无数次抵达夜间的北京，俯视这片拥有过辉煌皇室的北方大地，它的光芒四通八达，纵横交错。

北方道路两侧种植着杨树、洋白蜡、国槐、银杏、月季、玉簪花……走出机场，干燥的空气瞬间让岭南人脸上的皮肤紧绷起来。

——"小姐，您好。您去哪儿呢？"

——"您好，我去西三环，岭南路。"

在暧昧的街灯中，我回答着司机，心里窃笑起来：我以一个诗人的名义（首都师范大学第十二届驻校诗人）来到北京，

我暂时的居所就在一条叫"岭南"的路上。兜兜转转机缘巧合，人类有限的命名似乎让我们回到了原地。打开车窗，干燥的凉意扑面。槐树、白杨都已经落叶，萧瑟的剪影拖过车窗，植物悄无声息，它们的香气并没有跟着落下来。寓所前的高大白杨也裸露出银白洁净的枝干，按亮房间里的灯，就看到它的臂膀斜斜伸过来。要是夏天的夜晚，起风时我总会跑到阳台去看，"哗哗……哗哗——"的响声原来不是下了大雨，而是风翻动着稠密的叶片，发出雨水般的喧哗。

最美的季节已经过去，无论南方还是北方。我依赖暖气，出门甚少。只和母亲一起，穿上厚厚的羽绒服、帽子、围巾、手套，全副武装走在当年慈禧太后闲游遮阴的长廊上。眼前是冰层结实的昆明湖，据说测试过冰层深度的安全区域被圈了起来，租冰车收费，租冰鞋收费，按小时计。身后的万寿山也微微瑟缩，松柏苍色，但其他草木很是凋敝，在不太暖和的日光中反射着湖面冷冷的光。人们分散在冰湖上，像一个个自转的陀螺，孩子们尖叫，像冰裂。这不是园子里最热闹的时候，但肯定热闹过古代。诗人陆忆敏曾写"为什么古代如此优越？"而我想问，为何古代如此寂寞？热闹幽禁他处，帝王的威仪让天下的热闹都属于自己，又离得如斯遥远。

穿过雾霾，我们跟随长队进入紫禁城。来自世界各地的游客拥挤在这里，咂摸我们老祖宗富丽堂皇又幽深如谜的生活。人气沸腾，驱走了部分寒意。人们起早排队，逛到日上三竿已然困顿。我们打着哈欠坐在高墙深井的后宫苑囿里歇息，不怕人的乌鸦和喜鹊从琉璃瓦上飞下来，在铺满松针的地面扒拉着啄食。多么令人恍惚，经历过数个朝代的更迭，这里成为享誉世界的著名旅游景区，每天接待的访客以几万人次计。他们中间有漂洋过海的亚裔"香蕉人"，也有入侵者们的后代；他们面容相仿，都带着外来者的好奇和热忱。我们呢，也像散漫而称职的游客，足迹辽阔。在大英博物馆、美国大都会博物馆、法国卢浮宫……兴致勃勃、唏嘘感叹观摩着众多来自故国的珍宝。

太多的珍藏发掘于墓穴，大地深处的黑暗把它们擦拭得更加耀眼；太多的遗物因战争和死亡而不朽，它们本身已经成为传奇。人类的印记在器物上凝结，犹如地域的气候可以用植物作为表征。一位对陶瓷器具研究颇深的朋友带我去琉璃厂喝茶，逛老胡同，在国家博物馆看宋代的器皿。那些釉质、水色、造像，就是一部流动的历史，它们直观而活泼地体现着当时人们的审美质素、生活状态、想象力和局限。我们用脚步丈量着的这片土地，每一步都有根可溯，这里发生过的故事在后世拥有各种版本的演绎。只要你跟着那些嘴皮子特别顺溜的京城导游走过故宫，每一个宫每一个殿，他都能给你滔滔不绝，讲出无数段正史野史混杂的掌故。在地底下，还有数不清的遗迹和碎片。考古学家们孜孜不倦地搜索着一鳞片爪间的信息，试图在宏大盛衰中复原那些蓬勃跃动的篇章。偶尔，我会觉得他们的踪迹与诗人属于同样的行当。鲁迅先生曾说："人类的血战前行的历史，正如煤的形成，当时用大量的木材，结果却只是一小块。"我们不断反刍历史，捕捉那吉光片羽的"一小块"。被焚毁的大量木材，沉入底部。所有经历过战乱与创痛的民族，都知晓为了那金字塔上光辉的一瞬，付出过多少无声的抗争和建造。那些最终依然无声的建筑，是历史的残酷也历史的宽容。它们和诗歌一样，在未来的时代，也许会找到它的同路人，也许不会。

远在西域龟兹古国（今新疆吉木萨尔县）的克孜尔千佛洞就保存着这样的光辉和这样的创口。未被损毁的洞窟里还保留着切割完整、编上号码，还没有来得及带走的壁画——这是德国人的杰作，他们的精密技术和艺术品位在这里得到了长足的发挥。他们已经运走了许多精美、完整的壁画，至今还在他们的博物馆中展出。另一些被剜去了双眼的佛像，则是本土大规模的宗教屠戮，人们认为毁掉眼睛就能夺走其灵魂。在这里，神佛曾承受了如此沉痛的损毁；但是它们也是如此寂寞，无声无告，甚至无眼无魄，在悬崖石壁之间存在了十几个世纪。

年轻的导游家住不远处的吉木萨尔县城，她在外地上大学，暑期回老家来做景区义工。上山途中她跟我们讲出生于此地的鸠摩罗什；滴水之岩"千泪泉"的爱情传说；土坡上极其耐旱、枝条柔韧的沙地红柳……在光线昏暗的洞窟里，她打着手电，扬起好看的下巴问我："你看到那些菱形方格里的飞天了吗？这种画像是克孜尔千佛洞里独有的。"我看到了浓眉大眼、异域风情的男性飞天形象，怀抱并弹拨着不知名的乐器。是多么自在的审美和想象才能将这样的情景绘制于洞窟之中？充盈着怎样神思妙想的心灵和双手绘制了他们？这一定是一个被神恩普照过的地方，很难想象，那些剜去佛像双眼的人也同样居住在此地。导游的手电又一指："你看到那几个跳舞的人了吗？他们是古代的波斯人。"我点点头，画中人俊美可亲，身姿松弛，手舞足蹈，人神共欢。这就是他们理解中的乐国了吧？除了熟悉导游手册上的要点，导游懂的不是很多。也是，

236个洞窟，足够后来者穷其一生来领会和研究它们的存在了，我们都只是浮光掠影的过客。小导游皱着高挺的鼻子问我们：“波斯在哪儿呢？德国离这里很远吗？”她的愿望是能有机会到德国去看一眼“他们从我们这里偷走的壁画”。

几年后，我从一个朋友的手机里看到了那些“被偷走的壁画”，拍摄于德国柏林亚洲艺术博物馆。看着那些切割精密、运输得当、保存良好的壁画，我心情复杂，想起了那个年轻的克孜尔姑娘。不知她是否已经亲眼去看过了那些壁画。在远隔重洋宽敞明亮的博物馆中，想起家乡那些昏暗的洞窟，她又会有怎样的感受？德国人会怎样跟他们的后代讲述这些壁画的来历呢？每一代人都在筛选和记录自己所能感知的历史，再向未知者或下一代转述我们的认知。正如诗歌并不属于写作它的人，而属于需要它的人（马里奥语）一样；到底哪一种历史，被我们所需要？

要是去柏林，我也会去看这批壁画。柏林没去成的夏末，我去北京郊外看永定河。凌晨的河流缓缓流淌，即使在水量丰沛的夏季，北方的河也是平坦迟钝的。岸上和桥上的灯光在波浪上颠簸，天空裹着沉重的铅。苇草高过了人头，散发着好闻的香气；不敢伸手去捋，我早已领教过这些植物叶片的锋利。

在山西宁武，这条河叫作桑干河，它发源于这片焦渴的黄土地。不久前，我们过境山西。汽车在晒得冒油的公路上行进，没有听到水声，也没有看见牧人，到处长着沙棘、刺梨等灌木，水分充足一点儿的地方长着老头儿杨。这种杨树十分抗旱，但比不上北京一带的杨树英姿挺拔。由于缺水，它们像老头儿一样弯腰驼背，长出疙疙瘩瘩的皮肤。车上人昏昏欲睡，王菲的歌声还在环绕，"高架桥过去了，路上还有好多个……"司机突然刹车减速说，"看到没？那是桑干河。"我什么也没有看到，其他人和我一样，迷迷糊糊地问："哪儿呢，左边还是右边？"司机又开始提速向前，懒洋洋地回答说，其实也就是一条小干河，现在不行了，源头这儿，几乎没水。我往后张望，在灌木林间没有任何水流潺潺的迹象，我该如何描述我们到过太阳照着的桑干河？直到溯流而下，沿着水汽饱满的永定河走，我才找到了一点儿夏天的感觉。对一个岭南人来说，哪怕住在岭南路上，也揣着一颗被火烤着心。我已经非常依赖空气中浓密的水分和湿度，每天抹两遍润肤乳还不够。长时间的一地生活，会塑造我们执着的生活习惯和行为模式，人就像扎根的植物，适应着自己的热带和寒带，应和着自己的高山和洼地。我在每个地方的河流、湖泊、海岸边散步，喜欢看夜钓的人在半梦半醒之间提竿。在陌生中，我们还是习惯搜索记忆中熟稔可靠的信息，但这并不是守旧。我们总是要在经验和确信之中获得新的方向，比如在探索其他星球时，总在寻找与地球相似的环境，水源、光热、地表温度……要有足够多的积累才能获得新的启示，要有无数条支流的汇聚才能形成江海。

又一次，我从岭南路回到岭南。站在同样平坦开阔的南海入海口，潮湿的海风灌满咸腥味，潮气扑在脸上让我感到愉快。在夜晚的飞机上看不清这茫茫水域，只有通往港口的道路灯火闪烁，一路向南。我想起一位诗人，他的墓志铭上刻写着，"长眠于此的人，他的名字，写在水上"（济慈）；而另外一位诗人说，"我写作，是为了光阴流逝使我心安"（博尔赫斯）。

图书馆迷宫

我并不比一只蜜蜂或一只蚂蚁更爱这个世界
我的劳作像一棵褊狭的桉树
渴水、喜阳
有时我和蜜蜂、蚂蚁一起，躲在阴影里休憩

我并不比一个农夫更适合做一个诗人
他赶马走过江边，抬头看云预感江水的体温
我向他询问五百里外山林的成色
他用一个寓言为我指点迷津

如何辨认一只斑鸠躲在鸽群里呢
不看羽毛也不用听它的叫声
他说，我们就是知道
——这是长年累月的劳作所得

——《劳作》

如果不是博尔赫斯，我与文学同行们初次见面时的话题又
少了一个。也不是所有文学爱好者在一起都要谈到博尔赫斯，
主要是我和博大师一样，在图书馆工作。只要听闻我的职业，
经常会有人搬出博尔赫斯以及他的名言——"如果有天堂，天

堂应该是图书馆的模样。"每每我都觉得对不起博大师，一是博尔赫斯全集就搁在我的办公桌上，高山仰止，岂敢造次，引为同行；二则整天在"天堂"里穿梭，你就会发现它不仅是博尔赫斯那个六角形的"通天塔"，它更是嵌套式的环形迷宫。

图书馆是一座迷宫——这不完全是一个譬喻，它是真的迷宫。假如你去过一些现代设计的大型图书馆，并在里面搜寻过你想要的书籍，你就会相信我所言非虚。虽说现代图书馆布局合理、文献管理也科学规范，但是图书馆的格局通常是以读者互不打搅为基准的，书籍的集中和分布也造成了空间上的疏离感。你要是轻手轻脚走在图书馆的环形走廊上，就能领会到近年流行的"性冷淡风"是什么意味。某种程度上，图书和香水拥有同样的密码，它们是提纯过后最精粹的部分。人类最为智慧、深奥、隐秘的思想和愿望都被一行行铅字收拢，关在纸页当中。也请相信我，在闭馆过后的深夜图书馆里游荡，那感觉完全不像在天堂中那么美妙。你会感到幽邃的静谧中，所有纸张都在呼吸，甚至试图开口说话。当你屏住呼吸，借着落地窗外的光线走到书架与书架之间，无数轻飘飘的事物与你若即若离，在你耳畔、颈间、发梢上一张一翕。我称之为"Ghost of Books"（书之幽灵）。在西方世界，幽灵有善灵恶灵之分，书籍亦如是。在读者消隐后的夜色中，书之幽灵检视着自己的复活：白昼里被翻阅过的篇章、被人摘抄过的词句、被朗读过的片段、注脚处被画下的红色……你从它们身边经过，你也能体验到博尔赫斯说过的"觉得自己是一座完整无缺的秘密宝库的主人"，那种奇特的幸福感或许会抵消黑暗迷宫中奇异的恐惧感。

闲暇，翻看旧书藏书票和借阅记录卡是非常愉悦的事情，岩井俊二的《情书》般古典和唯美，但这是在非常陈旧的书籍和传统的图书馆中才能体验得到的。现代的图书馆普遍采用数据化系统，已经不存在手写的借记卡，也找不到画着女孩儿肖像的纸片了。年轻的读者隔着书桌用网络工具谈情说爱，他们懒得抱回笨重的典籍，转向大量下载电子数据库资源，装进电子阅读器。也许，不久的将来，书之幽灵要以云盘的形式存在了。这样一来，博尔赫斯的"通天塔"能够建成也说不定呢。

此刻，我坐在图书馆迷宫的第五层写这些字，身边全是来自美国哈佛大学的"幽灵"。它们很少被人翻阅，因为语言不通，也因为人生苦短，人类着急去做些更容易的事。我习得的外语有限，常常坐在一堆无法交谈的幽灵中间用汉语写作，偶尔用英语回信。它们既不跳出来指正我的语法错误，也不理会我重复着它们早就洞悉的生活。日复一日，我在它们中间度过了自己的青春，很像我在灌木丛后、水库岸边度过的童年。迄今为止，我的人生保持着这样的连贯性：静默、劳作、等待。有时我挺感谢博尔赫斯，因为他的缘故，很难一下子融入热络人际的我，可以和知晓他的人谈及图书馆，也因此可以从人群中识别出自己的同类。但这个环形迷宫的精妙是无法和任何一个人解释和分享的。

有一次，一个女性朋友打电话给我，"亲爱的，我昨天去一个图书馆面试。""哦？"她已经多次向我抱怨受够了她整天围着客户转，在家里吃饭次数屈指可数的繁忙工作。

"他们问我一个问题，嗯，于是我想到了你。"

"哦，是吗？这么荣幸。"我笑起来，心想，你又过度发挥了吧。

"他们问我为什么想要辞掉那么好的职位，到图书馆来工作。"

"嗯，这是例行问题。"是啊，她是"白骨精"，雷厉风行，年纪轻轻已是总监。

"我回答他们，博尔赫斯说，图书馆就是天堂的模样，我在人间工作太久了，想体验一下在天堂工作是什么感受。"她的笑声清朗，还有点洋洋自得。

我亦忍俊不禁。她接着问，"你说他们会喜欢这个答案吗？"

他们是否喜欢这个答案，我不得而知，但我知道她在面试表格推荐人一栏填写了我的名字。有一项调查说，在日本，图书管理员是最受成年女性欢迎的职业，要获得这个职位还需要通过一项专业的、通过率并不高的考试。我从不向人鼓吹这个职业的好处，更无法推荐谁来图书馆工作。就工作本身而言，它远远不只是想象中的管理图书、向读者借还图书这样清淡的事务。博尔赫斯为什么把它描述成天堂的模样？因为他深谙了时间的奥秘，他研习着"通过寂静战胜时间"的魔法。就像科幻电影《星际穿越》中所说的，"父母是孩子的幽灵"，只有那些能穿透时间的情感和智慧才能在未来的时间复活。如果将此处的生活仅仅视为一份营生，它永不可能成为天堂的模样。

女友的图书馆求职之旅以失败而告终，她讪讪地跟我说起此事，认为是自己表现得"太过理想主义了"。但理想主义的失败难不倒这些精明能干的人儿，没几天她又生龙活虎、打着飞的满世界赚钱和花钱去了。她的下一个小目标是把自己家的书房四壁排满书架，装修成一个小型图书馆的模样。后来，她所应聘的图书馆有个熟人与我见面聊天，说起曾有一位女士在面试时大段引用博尔赫斯的《通天塔图书馆》，还搬出很多西方图书馆学学者压阵。我哑然失笑，不确定她说的是不是我的女友，但效果应该是一样的。人们习惯了"背书"，我们忍受不了师出无名的寂寞，更忍受不住籍籍无名的不存在感。近年大热的美国HBO电视剧《权力的游戏》（*Game of Thrones*）中，背负着国恨家仇的史塔克家族的小女儿流落孤岛，一个"无名者"要将其训练成世间顶级的刺客，第一步就是要让她忘记自己的名字，放弃自己的身份，将自己视为"无名之辈"。

人若无名，便可专注于自己的"术"和"道"。这不仅是古典的侠剑之风，亦是圣贤之道，中西方皆如是。我知道跟女友谈论这个，她一定会觉得我迂腐至极。但是，当她引用博尔赫斯时，难道没有被这个说自己"我的经历很少，但我的阅历很多"的人打动过吗？当她为各种职场纷扰焦头烂额夜不能寐时，她想到的是图书馆。哪怕是逃离，也是归依。在这个天堂里，人们早已写尽了人世的种种，香水被瓶子密封，我们用纸页将世相和冥思一一装帧。美剧《西部世界》讲到了人类历史的进程是一个又一个谬误的集合。当这种进程成熟到一定阶段，人类的进化也就难以向前了。在剧中，不甘心进化停滞的人类拥有潘多拉魔盒一样的狂想：赋予人工智能以"冥思"，让他们获得某个谬误的编程，他们的自我意识就会逐渐觉醒并参与到世界更高阶的进化当中。

科幻作品日益精湛的同时，我们通过互联网看到荷兰的"火星一号"计划向全球征集四名火星永久移民。他们可不是在开玩笑，而是真正投入了高达60亿美元的资金，筹备着这个伟大的探索火星计划。不需要经历很多，在数代人的经验和梦想中，我们也可以获得很多阅历。不管是科幻还是现实的科技探索，我觉得人类的想象力其实从未超越过我们所处的真实世界。只不过，我们对自己所处的房间、图书馆、广场、城市、旷野、冥王星、太阳系、宇宙都所知甚少。一粒沙中的世界，一本书中的"通天塔"，我们都只是无名的访客。

那么，你想知道我最神奇的际遇吗？某个夜晚，我结束一天的工作，站在图书馆环形的走廊上。五楼至二楼的灯逐层熄灭，物业阿姨也完成了一天之中最后的清查。我忽然看见一个硕大的影子从图书馆中部的玻璃穹顶落下来。影子扇动着翅膀，忽高忽低，是一只大鸟。我抬起头，只看见墨蓝的天宇压迫着拱形的穹顶，穹顶坚固，被白色的钢管骨架支撑和分割。我确信那是一只鸟，不属于岭南也不属于岭南路的大鸟，也许是那只未被猎人捕获，而我的父亲也从未见过的苍鹭。它米谷不食，虫豸不食，在我看不见的地方遨游。也许，它偶尔会与书之幽灵结伴。在天擦黑的时候，它会用一条细长腿站立，鹅黄长喙随意翻动着我的诗篇：

一个老朋友，生物学家
在研究人类如何返老还童
我与他最后见面一次
是上一次金星凌日，十一年前
一个学生，工程师
在研发人工智能如何模仿人类的感情

和他午饭后，我要赶去爱一个陌生人

关于时间，我是这样想的：
如果他们真的创造了新的时钟
作为他们的同行
我，一个诗人，
会继续请孩子们替我吹蜡烛

——《孩子们替我吹蜡烛》

那么，你应该也知道了：人类为什么会钟情于黑暗中的事物；为什么有的人终日在植物间劳作，有的人彻夜在书堆里独坐；为什么，有的人敛紧羽翅，而有的人，会写下诗行。

在沉默的螺旋中上升

从千禧年（2000）开始在语文试卷上写诗并在同年获得了我人生中的第一个文学奖算起的话，我写作已逾20年。年少时虽对王希孟、莫扎特、拜伦等天才型的艺术家常常生出可望而不可即的感喟，然而，长期的写作实践让我更加确信诗人的功课乃是毕生之磨炼，朝乾夕惕，久久为功。这种认知渐渐让我从精神上更加亲近博尔赫斯、珂勒惠支、希尼、苏东坡这样承受了时间重量的人，同时，也让我有意识地克服着身处的这个时代充溢的诱惑和消磨。

就是我在语文测验作文题里写诗歌的时候（过去的20年，中国高考语文试卷明确"题材不限，诗歌除外"；如今依旧），世界正在被互联网所链接和改变。待我克服了在卷子上写诗歌的冲动考上大学后，几乎所有同学都开启了BBS、QQ生涯，年轻人在网络上学习、交友、娱乐，通宵达旦是常有的事。与此同时，人们的写作场域发生了巨大的变化，信息的输出和传播达到了前所未有的速度和范围。即时性和对话性消解着过去时代那种"正襟危坐"的写作姿态，写作不再是一个人的"苦役"。网络上连载的小说会有很多读者讨论并共同"塑造"着它的故事情节和走向；一首诗歌发表在论坛上会引来很多人评头论足各执己见，甚至相互掐架。以至于我的一个诗人朋友至今还有"后遗症"，他说，只要有读者在即时通信工具上发他的诗歌过来，下意识的反应就是："又有人要来挑毛病了，至少是来挑错别字的吧？"匿名性的互动让写作者和读者同时处在一个开放又密闭的空间中，双方都能深刻感受到影响的焦虑和激励。

互联网强大的社交功能刺激着过去需要在漫长等待中依靠手写书信、购买报纸杂志来沟通和阅读的人们，每个人渴望"看见"和"被看见"的愿望被无限放大，澎湃的表达欲鼓胀着网络空间。德国艺术家博伊斯（Joseph Beuys）所谓"人人都是艺术家"的宣言在互联网上似乎正在得以实现，而这"艺术家"的实现路径不再是过去时代那样，源于个人在静默中所独立创造；更可能是创作者完全置身于大众传播的阐释空间中，一边创作，一边回应和解释着自己的创作。

可以说，我这一代作家的成长与互联网的发展进程密不可分。有一次我读到一位生于20世纪50年代的作家提到他在连手摇电话都没有的落后乡村长大，青少年时期可以阅读的书籍十分稀少。一次邻人给他家里送来一筐食物，垫篮子的是一张画报，这新鲜的读物让他兴奋不已，他向邻人讨要了这张画报，反复阅读并珍藏起来。相较于这些如饥似渴寻找可读之物的前辈作家的"饥馑"，我们这代作家的"饱腹感"强烈，只要你与互联网相连接，就能瞬间体会到浓稠、芜杂的信息扑面而来，"投喂"你、淹没你、使你窒息。消费主义和"娱乐至死"的浪潮来势汹汹，稍不留神，人就会在"物"的旋涡中打转、挣扎、迷失；而精神屏障的树立却非一日之功。我们这代人面对的困难不是困乏，而是从膨胀和过剩的资源和信息中刨出自己的真实所需；更大的困难在于拨开众声喧哗，重新回到前辈作家们所领受过的"独自"之境中。过去岁月，所爱隔山海，人心在跋涉中有足够的时间和空间思虑、感伤、完成自我的情志；今天，山海皆已平，被压缩的时间和空间改变着人们的心理结构。

大学时代，我和众多文艺青年一样，在几个固定的论坛"灌水"，分享习作，在大学图书馆七楼文科基地的留言簿上用笔名洋洋洒洒抒发感受，相互留言，也因此结交了诸多不同学科背景的朋友。我们自然而然地在现实中结识，一起登山，参加社团活动，搭起帐篷观测金星凌日，深夜推着自行车在校道上谈论社会问题争得面红耳赤，坐在阶梯教室的地板上一起观看女性主义的纪录片……这是21世纪初期，周遭漫溢着一种崭新的气息，人们怀着各种各样的盼头奔走于生活之中。我回想这样的青春时代，它无疑是一个历久弥新的诗篇，像一股汩汩涌出的温泉，不曾枯竭、不肯冷却，提醒人保持着原初的、适度的信心和期待。度过了青春期那种表达欲旺盛而不自觉的写作阶段后，我进入了高校的图书馆工作。虽然对前路愿景依然模糊懵懂，但书籍堆积如山的地方一直清晰地吸引着我；还有，那时的我已经刻意地想与"物的喧嚣"保持一定距离。在此之前，我在报社、广告公司、电视台等多家单位实习并一度签下工作合约，但均浅尝辄止，互不亏欠。

许多人得知我在图书馆工作，寒暄时便会提起博尔赫斯，那个遥远时代和国度的"你的同行"。博尔赫斯的名言"我心里一直都在暗暗设想，天堂应该是图书馆的模样"，网络金句一样随互联网广为流传；会援引博尔赫斯者众，但能真正领会天堂之意的人又有几何呢？正如写下《神曲》的但丁，只有那些"走在地狱的屋顶/凝望着花朵"（小林一茶）的人，才能窥见天堂的模样。天堂与地狱也许互为倒影，它们总是如影随形但不一定同时浮现。图书馆则像一块固态的时间，任世人的书写拨动着秒针。

一个写作者如果长期生活在图书馆中，那他有可能学会谦卑。当你写下一部让自己志得意满的作品，长吁一口气，成就感爆棚，互联网上的点赞率更是让你窃喜不已。这时，你走进存放着几十万册的书库深处，那些穿越时空的书籍齐刷刷望着你，有些书脊发黄变脆；有些多年来无人问津，每一页都簇新；有些画满了不同人的笔记。再想想自己的只言片语，你会哑然失笑，人类想要铭刻自身存在的信念和欲望是如此强烈，又是如此单薄微茫；像稚子蒙童往大海中投掷石子，那些涟漪在后世的回响或可忽略不计。但人类一如既往地执着，他们深信"蝴蝶效应"掀起的狂澜足以改变世界部分的面目，这近似诗的狂想和热切，确实让他们冲破大气层迈向月球、火星；也让他们通过基因编辑改造着人类的肉身；他们还将人类个体永生的念想从古代的求药炼丹进化为人体冷冻技术……当人工智能"阿尔法狗"战胜九段棋手柯洁，机器人"小冰"也开始写诗，我们确实进入了一个无法预期和估量的新时期，一切皆有可能，人类面临着随时被人工智能取代的惘惘威胁。

过去的时间失效了，世界好像被推进了一个加速器，瞬息万变的事态、善恶莫测的世情、疾速四散的信息，让人应接不暇，仿佛只能捎带着笨拙的肉身在无边无垠又拥挤局促的信息场中辗转腾挪。自媒体和融媒体的兴起更是将过去"文学生产者—传播者（把关人）—读者"的文学传播结构彻底打破，文学生产者的这一群体不再可以"躲进小楼成一统",也无法深隐在自己的作品背后,他们被难以逃避的传播力所裹挟,被牢牢镶嵌于文学传播的一环之中。这时候,作家本人就是他作品的一部分,他必须显露于传播环节中。当看到小说家余华在哔哩哔哩网站上调侃自己弃牙医从文的经历;当红的影视明星朗诵诗歌的视频能够轻易获得"10万+"的流量;作为一个诗人的我经常被杂志社公众号等要求录制音频、视频和读者们互动……你会意识到虽然每个时代的写作者们都在自我与外界的博弈中写作,但这个时代的写作者面临的"威逼"和"利诱"更多元更复杂,写作者们面对的挑战似乎也更多。如何不被捆绑在资本、传播和其他力量的巨轮上,需要写作者内心有一根清晰又坚定的锚。只不过,当他们将锚抛向此刻的深海时,不知是否还能稳稳钉住最初踏上旅途时那些曾经笃信不疑的事物。

这些时候,我常常想起古人刻舟求剑的寓言。在我看来"刻舟求剑"根本不是在讲一个楚国凡俗蠢人的故事,也不是在讲变法之道,而是在讲述时间。在时间之河中,人们曾怀有刻刀一样坚硬、值得珍爱的恒定之物,猝然失去它时我们感到惊慌,赶紧标注并铭刻它的去向,并试图找回它。然而,在不可逆的时间中,那些塑造我们的过往,记忆、经验、情感都只是舟上的刻痕,如何与时间同往甚至超越它圈囿起来的河流,才是写作者的修炼。

早在1974年,德国传播学者伊丽莎白·诺尔-诺依曼就提出了一个著名的理论:沉默的螺旋(The Spiral Of Silence)。这个理论主要描述了一个社会现象,即人们在表达自己观点和想法时，如果看到自己所认可的观点受欢迎并得到响应，便会更加积极地参与传播和扩散这个观点。反之，如果某一观点遭受冷遇或者受到批评、攻击等负面反馈，一个人即使内心再认同它，也会在思忖中保持沉默。如此一来，赞同的一方人越多声势越大，而沉默的一方也将在循环往复中螺旋般下降。我初次接触这个理论时，感到它有一个颇具文学性和艺术性的精密结构，脑海中仿佛盘旋着一个彩色的螺旋，旋转着上升和下降。诺依曼的这一理论显见而精辟地解释了从众效应，在人声鼎沸的今天尤其适用。那么，如果一个写作者无可回避地置身于螺旋之中，他该如何判断哪一种声音是真正的潮汐？他是否会在犹疑不定中丧失听力？他如果能够保持镇定，又该如何描述泥沙俱下的时刻，那些泥泞混杂中发光和不发光颗粒？从来没有一个时代像今天，一切故事坦陈于眼前，观看世界的方式多样而精微，写作者是否有信心和能力在螺旋中作为少数而上升？

　　——这样的问题一次次困扰和拷问着我。特别是当手机和口罩成为我们人体的新"器官"的当下，人类深深体会到并不能从过去的生存实践中获得现成的解决方案。过去的言说方式遭遇到空前的挑战，而这正是人们生命经验必须实现更新和超越的时刻。诗歌见证和记录过诸多这样的时刻，诗人们心怀悲悯和忧虑，"任何人的死亡都是我的损失/因为我是人类的一员"（约翰·多恩）；他们也曾"尝试赞美这残缺的世界"（扎加耶夫斯基），他们在这世上求索，体味了"我的全部努力/不过完成了普通的生活"（穆旦）。就在这技术与传播登峰造极的时代，人类面临的困境是如此具体而直接，当疫情席卷整个地球时，"生存还是毁灭"，共同命运的切肤之感重新连接了人类。在人类又一次面对严重的时刻，我们是否能像布莱希特为后来者写下《致后代》这样的篇章？而我们的后代会怎样看待我们今天所写下的、所无法写下的、写下而无从流传的故事？

去年末，我在深圳的一个场合遇到了梁晓声老师。没有多余的寒暄，他单刀直入地问我：你们少数民族对人类的精神世界是否有不同于我们汉人的看法呢？于是，我们在一个嘈杂的走廊上旁若无人地谈论起人类的躯体已很难再进化，精神层面是否还存在发展的空间和可能。就在这次会面的两个月后，以梁晓声老师原著《人世间》改编而成的电视剧火遍大江南北，街头巷尾，好多人被其感动，泪湿沾襟。这位与一个年轻诗人认真探讨人类精神如何得以进阶的前辈，在人世间惯看世道人心、离合聚散，他以他的悲悯和温暖讲出了一代人的心灵和命运。他也许没有想象过自己的作品会引发这样高密度的社会热议，而这样的传播影响不是通过传统的文字，而是影视制作。

我突然也忆起某次与一个批评家朋友聊天，他说当代诗歌似乎缺乏一个整体性的面貌，诗人们各自为政、各说各话又面目模糊，找不到一个可切入的路径。我觉得他说的不是"当代诗歌"，而是任何一个时代诗歌和文学存在的普遍情形：各自为政、各说各话；面目清晰与否则需要时间的碾压和"流放"。如果一个写作者不假思索地加入了"合唱"，如果写作者在螺旋中放弃寻找属于个人的声音，那么，我们如何"从天使的序列中"（里尔克《杜伊诺哀歌》）听到那呼喊呢？文学的意义并不在于追寻人类那些臻于完美的梦境，也不在于讲述人类想象力所能企及的全部故事；而是勇敢而真诚地倾诉我们所经历的、梦想的、沉沦和飞升的种种际遇、失败、努力、尊严和荣光。它自然没有仪器那般光滑、精密的技巧和手段，也没有复杂、迅捷的运算能力，也许它只是一颗残破不堪的心灵不甘的跳动；但你知道那永远与人性、良知相连并最终通向人类命运的关怀和责任，才是螺旋风暴中的磐石，一个有锚的人才能将其坦然抛出而不担心它没有着落。

57岁便双目失明的博尔赫斯还说过一句话："人会逐渐同他的遭遇混为一体；从长远来说，人就是他的处境。"对我而言，这句话比起身处天堂一样的图书馆更有提示性。人会不自觉地与自己的遭遇和处境融为一体，无论是回望深渊还是沉迷于元宇宙。在这样的时代，抑或在任何一个时代，维系和坚守一种写作的意志和伦理，似乎比强调写作的技巧和内容更加重要。

在世界上所有人共同面对新冠疫情的这两年，我也陷入了漫长的停顿期，经常打开空白的文档呆坐良久而不知该如何下笔。失语，是这个时代的症候之一。在深不见底的螺旋中，诗人何为？诗歌何为？直到我看到85岁的英国画家大卫·霍克尼创作的长卷——《诺曼底的一年》。这是他从2019年底避疫居住于诺曼底乡村所画下的风景。依旧是画家代表性的绚丽色彩，依旧是让人心安的旷野和花朵，他所见到的世界和他年轻时所路过的村庄并没有什么不同。此处的树木与他的家乡没有什么不同，也与我的老家，中国的西南部山地没有什么不同。虽然这土地历经战争、疫病、灾荒，那些残损、不堪与黑暗都一一被泥土所吐纳，在他的头顶聚雨成云，又如轻捷的鸟儿一般飞走。无尽的远方、无数的人们，被他透亮的凝视所安慰。这生活过将近一个世纪的老人用最脆弱的花瓣、草茎、叶脉恢复着四季，恢复着人们内心柔软而坚忍的部分。艺术疗愈着苦难者的创伤，艺术在崩塌中用它的时间刻度创建着新的秩序。慢慢地，我恢复了写作，一个诗人继续着她的工作。

有时我也主动向大众传播诗歌。我愿意相信人类文明之所以得以延续，不是因为纯熟的理性战胜了种种磨难，而是因为人类葆有深沉的感情。这感情包含着人类不完整的智慧和在螺旋中试图飞升的信念。它就是诗。

时代的对话者和未来时代的交谈者

俄罗斯诗人曼德尔施塔姆曾在诗论中将"诗人与谁交谈"视为"一个痛苦的、永远现代的问题"。诗人与谁交谈？这确实是一个复杂深刻的、在任何时代都需要思索的问题。它意味着诗人在面对"具体的交谈者""时代的听众""同辈中的朋友""未来的同时代人"等不同对象时，将如何处理自身的生存经验和生命体悟；诗人与自我、他者和社会的关系是何种情形，诗人又会从哪些维度去理解并体现诗人在时代中的位置？

诗人和同时代的其他人一样，共生于同一个时代。属于该时代的现实经验为诗人提供了最直接的艺术源泉，从古到今莫不如是。无论是写下"野哭千家闻战伐，夷歌数处起渔樵"的杜甫，还是写下"人依远戍须看火，马踏深山不见踪"的王昌龄；无论是行吟泽畔的屈原，还是醉卧沙场的辛弃疾……他们的诗篇无不浸透着诗人对现实的观照、对世人的关怀，他们的心灵之火也让后世的读者为之燃烧。T.S.艾略特在《诗歌的社会功能》中认为："诗的最广义的社会功能就是：诗确实能影响整个民族的语言和感受性。"我认为艾略特所说的这种"民族的语言和感受性"就是每个民族在各个时代所积累的民族精神及诗性。它不仅体现了语言在不同历史阶段的嬗变，也是一个民族如何甄别、继承和发扬民族精神的内在动力。就这个意义而言，中国新诗百年，就是一个不断获得新经验，同时也是一个不断丰富民族的语言和感受性的过程。特别是新诗诞生之初，诗人们获得了新的思潮、新的视野、新的言说方式，很多词汇和话语方式以前所未有的面貌进入诗歌的空间，获得了新的生机。

诗人使用语言与世界对话，而语言是在时代中演进的。与其说我们的语言在表达我们的生活，不如说我们的生活在模仿我们的语言。在任何时代，无论是诗歌语言还是人们日常的言谈，语言是精进还是腐败，都跟我们生活着的真实世界息息相关并相互匹配。所以，一个诗人不仅要关注诗歌内部的变化和递进，更要关注外部现实世界对语言的建设或损毁。所有时代的诗人，都理应成为与"当下"最直接的对话者，更应担负起建设母语及其诗性的责任。这也是考察一个诗人是否成熟、是否具备写作自觉的一个向度。诗人勒内·夏尔曾在《修普诺斯散记》中写过，"诗人不能在语言的平流层中长久逗留。他必须在新的泪水中盘绕，并在自身的律令中继续前行"。"新的泪水"包括对我们所处时代的深刻洞察、对新的生存经验的体悟、对新的精神世界的探索、对新的美学体系的构建。而"自身的律令"则包括对伟大民族传统的敬畏和学习，以及对诗歌本身的不断更新和觉悟。

身处新时代的我们，面临的生存经验和生活方式较之以往时代是复杂的，同时也是开阔、多元的。互联网的普及以及新兴的传媒技术势如破竹，"异处"的世界变得唾手可得，也使得"当下"呈现了多重的空间性，世界仿若在一个扁平又多维的时空中运行。譬如，在国际化的大都市人们享受着高科技带来的便利：刷脸可支付；从南到北几千公里，乘高铁便可朝发夕至；与大洋彼岸的人可实时视频会话；人工智能已经会作诗……但在边远的乡村，农人还在刀耕火种，年轻人则大规模离开土地，离开农耕生活。这是一个可以歌颂和平与安宁的时代，也是一个依然有战争和灾难的时代；这是一个世界正在紧密连接、同质化增强的时代，也是一个民族性更加珍稀的时代；这是一个科技生活日新月异的时代，也是一个在科幻作品中更能深刻表达对人类命运忧思的时代。作为一个新时代的诗人，不仅要懂得倾听时代的语言，还要有与之对话的能力。一个新时代的"对话者"，不仅考验着我们自身对真实世界的观察力和思考力，还考验着我们是否具备了与这个时代相对应的心灵天赋和知识，这天赋和知识来源于我们全部的生活，我们的每一个"此时此刻"。我们如何见证城市的变迁，如何观察一朵花的开放，如何与一个素昧平生的人感同身受，如何在千万人之中找到我们的旅伴，如何关切遥远世代发生过的事情……这些都是"此时此刻"，是生活的语言赋予我们诗性的品质，它包含了诗人对自我的认知，对他人的理解，对"当下"的观照和建构。诗人所寻求的"对话"，正是从这样的时刻中到来，那些潜在的交谈者则可能在任意时空出现或穿梭。

我们几乎可以在所有过往时代寻找到这样的"对话者"，他们不仅为后世留下了"人类存在的实证"，还在未来时代找到他们的"交谈者"，这也便是伟大诗歌和伟大诗人的魅力，他们用各自的"此时此刻"造就了艺术的永恒。即使在今天，我们读到"君不见黄河之水天上来"，读到"莫听穿林打叶声，何妨吟啸且徐行"，读到"想到故我今我同为一人并不使我难为情"（米沃什），读到"此地长眠者，声名水上书"

（济慈），我们同样能感受到超越时代的心灵共振。诗人关于人类的感情、困境、梦想、追求和渴望的书写，他们关于人性的思索，关于时间、自然与宇宙的思考，在任何时代都是相通的。那些伟大心灵所创造的世界，必然有超越时空的属性，它不仅鲜活地启示着当时的现实，更预言着人类的未来。因此，要在"在后代中寻觅读者"，诗人的使命必须也必然要超越对我们个体命运的关注和审察。这也对诗人在当下的对话能力提出了更高的要求：他不仅仅是一个自我的歌者，他的吟唱要有超越时空的穿透力，他必须站在人类的立场上来思考我们共同面临的处境和去向。

　　在这个社会交互性极强、信息化加速的新时代，人类的际遇、困境、生活方式是纷繁复杂的，人们的心灵风貌也展现出丰富深邃的面影。在这样的时代，做一个诗人是幸运的，同时也是困难的。它让我们对各种新的生活经验应接不暇，同时，又提醒着我们保有一种清醒的立场，才能不断锤炼从瞬间提炼永恒的技艺。我们与"现在"共生，又瞻望着"异代"。当诗人审视世界、面对公共事务和事件发声时，也许保持适当的距离更能抽象出事物的普遍性，从而使诗歌具有超拔的时代品格。曾获得过诺贝尔文学奖的波兰诗人辛波斯卡就以"对世界既全力投入，又保持适当距离"而著称，这种全力的投入和有距离的审视，使辛波斯卡的作品具有一种严肃的生命力，即使是一个日常生活的细节，也因为"一粒沙看世界"的眼光而具有了隽永的意涵。

　　近些年，我每年都会从城市返回乡村，从不断扩张的现代都市到仿佛数十年未改变的山村，我认真体会着脚下被历代诗人所涉足、所吟咏过的土地，它以丰沛的补给滋养了我们的母语。我们的母语则像一棵从未停止生长的树，不唯诗人，我们每一个人都在影响这植株的繁茂或衰萎。在现代都市，世界语言的混杂给我们带来新的视野，在乡村，我们还能捕捉到一些古旧的汉语之音。在疾速和缓慢之间，在一些被保留的风土民俗之中，会让人产生一种既熟悉又陌生的时空错乱之感。而这样的错乱感正是我们所生活的时代的一个特征：驳杂、参差、充满众多可能性。如果说我们的写作是"受雇于一个伟大的记忆"，我们的时代正综合着过去历史的记忆，而我们的此刻也正在变成此后的记忆。我们在当下的"对话"也将进入时空的隧道，去未来时代寻找交谈者。正如曼德尔施塔姆所说："这些诗句若要抵达接收者，就像一个星球在将自己的光投向另一个星球那样，需要一个天文时间。"

什么样的诗歌才会穿越漫长时日拥有未来时代的回响呢？那便是人类记忆的伟大、创造的伟大，那终属于人类心灵的尊严和荣光。诗人也因之成为每个时代最卓越的对话者，而一定会有"一个遥远的后代/在我的诗中发现这一存在"。

成为一个诗人*

就在我得知有幸获得第十二届全国少数民族文学创作骏马奖的时候，我重读了奥登的《以叶芝为例》。奥登在文章中提出了这样的问题："和我们自己相比，叶芝作为一名诗人在他自己生活的那个时代曾面临过怎样的困难？这困难和我们自己的相比起来有多少重叠之处？它们相异之处又在哪里？对两者的差异而言，我们可以从叶芝处理他自己时代的方法中学到什么，它们能够直接地、不假思索地被我们拿来处理自己的时代难题吗？"我想，作为一名生活在这个时代的诗人，我们也很有必要时常这样自问。此外，从伟大的民族文化、优秀的诗人和诗歌传统那里我们又该如何学习面对自我、他人以及时代的方法和精神？

在诗人叶芝生活过的100多年后，我们进入了一个社会交互性极强、现代科技迅猛发达的时代。现代科技和传媒不仅改造和规训着我们的生活，也让我们在日新月异的时代变迁中领略了人类多元化的生存图景和生命风景。而世界，呈现出巨大的统一和巨大的撕裂：人类渴望着"诗意地栖居"，却依然在不断经历战争和灾难；诗人们一面挽留着田园牧歌的缓慢，一面目睹城市化浪潮席卷昔日家园，人们大规模地离开土地；伴

---

* 此文为第十二届中国少数民族文学创作骏马奖获奖感言。

随着对宇宙勘探的深入，人类对物质世界的认知和实践能力也在飞速拓展……在近20年的诗歌写作中，我深深感到在这个时代一个诗人的困惑和艰难。时代不仅考验着我们洞察事物本质、甄别时代趣味的能力，更加考验着我们对人类精神世界的理解和对共同命运的体认——这需要我们付出耐心、爱、悲悯、智慧和良知。

对个人而言，写作更多时候是对自我的教育；它包含着对自己认知方式的塑造、对自我天赋和创造力的挖掘、对自身盲从和偏见的纠正，以及对自我完成的一种要求。《无数灯火选中的夜》一书就是阶段性地呈现了我——一个少数民族的后裔，在边地与城市、少数与多数、辨认和怀疑之间，是如何锻造自己的心灵风貌。从这个意义而言，我更倾向于将"骏马奖"这样的褒奖视为对我的一种鼓励和提示，诗歌赋予我们的尊严和荣光将引领我们更加自觉地走在"成为一个诗人"的路上。而一个被诗歌选中的人，将始终勤勉始终清醒，接受诗歌对我们的挑选。

诗的隐喻

为冲出"岛屿"而写作

对话姚风

　　冯娜：姚风老师您好！很高兴邀请您一起来聊一聊我们在南方的写作。记得2014年的时候，导演陈怀恩曾拍摄过一部纪录片《他们在岛屿写作》，记录了林海音、周梦蝶、余光中、郑愁予、王文兴、杨牧六位作家、诗人的写作和生活。该片引发了较大的反响，很多人也关注起这些作家日常生活的地理条件——岛屿，对他们的写作产生的影响。由此，我也想到了我们"在南方的写作"。就地理意义而言，您和我长期生活的城市——澳门和广州均属于粤港澳大湾区城市群。我们知道"粤港澳大湾区"这个概念从学术界的讨论到地方政策的考量，再到国家战略的提出，历时20余年。在"粤港澳大湾区"这一概念的具体实践和推行中，人们在意识上也逐渐接受了这一"共同体"的整体区划；认为粤港澳大湾区不仅是极具活力的国际科技创新中心和经济共同体，同时也是多元文化和审美的"聚居地"。这里不仅承载了岭南文化的传统积淀，众多海外文化、海内外移民文化也在世界级的城市群中交汇。基于这种视野，"粤港澳大湾区文学""新南方文学"作为"新生的具有生产性、召唤性的概念"应运而生并被学界广泛讨论。近几年来，很多评论家从作家构成、概念内涵、思想特质、行文风格等方面对"粤港澳大湾区文学"和"新南方文学"都进行了系统的理论阐释。但是，我想作为写作者个体而言，对于"概念"和"命名"，会有一些不同角度的思考；姚风老师，您怎么看？

姚风：冯娜你好！我看过《他们在岛屿写作》其中的一集，确实拍得很好。我特别喜欢"岛屿"这个词，其实每一个作家都是一个"岛屿"，都是一个孤独的个体，他必须独自面对自己的写作，只有写作和写出来的文本可以让他在辨认自我与他者的过程中眺望远方，尝试一次次冲出"岛屿"，因此任何文学概念的提出都无法帮助作家摆脱身在"孤岛"写作的这种状态。我认为"大湾区文学"概念的提出，最大的意义或许是带来一片海洋，让各个岛屿可以更加紧密地连接、互动和交流。粤港澳在地理上同处一个湾区，往来十分便利，日常交流的语言多为鲜活生动的粤语，因此形成了文化底蕴深厚，而且具有特色的岭南文化，它是连接粤港澳最重要的文化纽带，也让三地的文化具有普遍性和极大的相容性，然而由于历史的缘由，三地的文化又各具特性。中国香港作为中西方文化交流更为彻底的国际大都市，其中西兼容的流行文化对粤澳乃至全国都产生过十分重要的影响；相比之下，中国澳门虽是弹丸之地，却拥有更为漫长的中西文化交流历史，而且在中国向现代化国家演进的过程中也扮演过重要的角色，但其文化的独特性仍有待于人们进一步去认识，其实对写作者来说，澳门的历史和现实都是极为富饶的矿藏。鉴于粤港澳文化带有普遍性而又各具独特性，三地作家的写作在立足本地之余，也应该对"他者"产生更多的好奇心。去年底我遇见邓一光老师，他说他正在创作关于澳门历史的一部长篇小说，还准备去澳门搜集资料，但由于疫情防控原因始终未能成行。由此我想，仅仅讨论"大湾区文学"的概念是不够的，三地的文化部门还应该整合资源，为像邓一光这样的作家提供创作条件，比如可以设立写作资助基金，开展驻地作家写作计划等。此外，等疫情缓和之后，也可筹划"粤港澳大湾区文学节"，以促进大湾区作家之间以及与外国作家的交流。目前大湾区的基础设施正加速互联互通，粤港澳三地往来更加快捷，大湾区"一小时生活圈"也初步形成。但粤港澳三地的文学交流并不密切，颇有些"鸡犬相闻，老死不相往来"，希望在"大湾区文学"概念的召唤下，这一状况可以得到改善。

冯娜：姚老师不仅对湾区生活感受深刻，还提出了一些建设性的期许，希望这样的交流能够很快实现。文学与地理空间、环境的关系研究作为一种研究方法早已被学界广泛探讨，中国的文学地理学研究上可追溯到2000多年前《左传·襄公二十九年》所载吴公子札对"国风"的评价；100多年前梁启超先生在《中国地理大势论》中提出了"文学地理"这个概念。不同的自然地理环境和人文地理环境对文学创作者的心理状况、知识结构、文化底蕴、价值观念、审美倾向、艺术感知、文学选择等多方面的影响是不容忽视的；我们所处的自然环境、人文景观必然有意无意地渗透在作家的创作当中。写作者对世界的感知几乎都是从最熟悉的地理开始，譬如我之前编选过一本粤港澳大湾区诗歌读本，发现很多写作者选择的湾区意象就是"海"。我想这不仅仅是因为湾区与海洋紧密相连，南海之滨的山海资源是作家们最熟悉的自然景观和物质属性；更在于海洋始终是一个文学书写中重要的母题，它浩瀚、神秘、变幻莫测，具有天然的诗性吸引力。由此我们似乎也可以看到，海或者其他地理意象在诗人和作家那里呈现的不只是一种"背景"或"气氛"，更像是一种心灵的"介质"，借以传递他们个体生命的慨叹和精神的追索。我知道姚风老师行走过世界很多国家和地区，关于地理对写作者的影响应该也深有感触。

姚风：文学确实是和地理环境有着紧密的关系，比如佩索阿一生中的大部分时间都是在里斯本的几条大街上度过的，但大海却是他诗歌写作的重要主题，他的长诗《大海颂》里波涛翻滚，充满他那疯狂的呼喊，因为葡萄牙是一个海洋国家，大海注定了葡萄牙人的命运，改写了葡萄牙的历史。然而，这不是必然的，中国也有漫长的海岸线，但在历史上航海活动并不发达（只有郑和下西洋，虽然比哥伦布和达·伽马早了几十年，但除了宣示国威，对人类的历史进程没有产生太多影响），甚至有"片板不得下海"的海禁政策，更谈不上有什么"海洋文学"，可以说大海完全被"浪费"了，它最终变成了无涯的"宦海"，或者皇家园林里的"福海"。古代的人们对大海充满恐惧，是因为缺少科学的认知。今天，大海依旧涌动不息，举目可及，但已经不再令人恐惧，它被看成是辽阔的道路，是自由的象征，同时也对生活在大湾区的作家们构成一种强烈的呼唤，因为大海知道，我们还没有写出像大海那样气势恢宏的"大海"。

冯娜：确实如姚风老师所说，我们对"大海"的书写还极其有限，也还大有可为。就像对"海"的认知不断拓展，随着时代的发展、科技的迭代，我们对各种概念的认知也相应出现更新。比如从中国古代文化意义上的"南方"到我们今天所描述的"新南方"，评论家杨庆祥曾指出，"新南方写作"涉及地理范围有着丰富多元的文化遗存，如"岭南文化、潮汕文化、客家文化、闽南文化、马来文化等等"。姚风老师所生活的澳门，也是一个多元文化并存、拥有深厚历史背景的地方，很多人对那里的异质文化也充满了向往。我有时会从一些澳门诗人、作家的作品中了解那里的人文气息以及人们的精神风貌，比如李鹏翥、李观鼎、穆欣欣、黄文辉、吕志鹏、袁绍珊、贺凌声等。但对普通读者而言，我们对澳门很多作家作品了解甚少，缺乏一个整体的印象；作家们的写作是否受到澳门这一地理环境的直接影响，不知姚风老师可否为我们介绍一二。

姚风：澳门的华语作家可分为两类，一类是从内地移民过来的作家，另一类是本土作家；比起移民作家，本土作家更容易受到地理环境的直接影响，在我的印象中，周桐、汤梅笑、李宇樑、吕志鹏、袁绍珊、贺凌声、寂然、陆奥雷、邓晓炯、太皮等人都是本土作家，他们的写作更偏爱从澳门的历史和现实中发掘题材。最近，创作力始终保持旺盛的李宇樑和邓晓炯又出版了新的小说，分别是《半张脸》和《迷城咒》，写的也都是澳门，很值得关注。此外，也要关注一些十分年轻的作家，如李懿、张键娴、席地等人，他们很有朝气，他们的写作为澳门文坛增添了新的风景线。然而，我要强调澳门文学是一个多元性的文学概念，它不仅包括用中文写作的作家，也包括以葡语写作的作家，如已经逝世的土生葡文作家飞历奇、仍在写作不辍的左凯士等人。他们的写作是很出色的，他们的作品不仅让澳门文学变得更为丰富，也是澳门文学多元性的体现。左凯士不仅是记者、小说家、诗人、翻译家，还是一家出版社的社长，他出版了大量关于中国文学和艺术的书籍，如《中国诗歌500首》《中国文学简史》《陶渊明诗选》《中国绘画理论》等，他的散文诗新作《澳门地名书》也即将出版。遗憾的是，很多时候我们在谈论澳门文学，往往忽略用这些葡语写作的作家。

冯娜：澳门文学是大湾区文学的重要组成部分，挖掘并介绍这些作家的作品也是重要的文学传播工作。我们也看到，在谈论作家和诗人的作品时其实是在独立地认识他/她为我们开辟的精神世界。无论是在南方还是在岛屿的写作，作家都试图在探索自己熟悉或陌生的领地；而每个作家深掘的方向和方式是不一样的，这也是文学的魅力所在。写作是我们与世界沟通和交流的一种方式，就好比您一直从事的翻译工作，也是我们与其他地域和种族间获得交流的重要途径。人类有交流的本能，我们谋求各种层次的交流，目的就是打破区隔，超越自身的局限，这也是人类文明在交流和互鉴得以开拓和传递的正途。我想一个优秀的作家或诗人，必须拥有世界性的格局和眼光，他们的写作往往也是超越了客观实在的地理和空间，他们塑造的不仅是立体、清晰的形象与存在，更抽象出开放、多维、充满创造性和想象力的精神存在。我在您译介的佩索阿、安德拉德等诗人那里，也看到了这样的创造。

姚风：不错，一个作家不应该封闭自己，要走出自身的"岛屿"，谋求各种层次的交流，但就我在澳门的生活经验而言，人与人之间交流其实是困难的，哪怕彼此说着同一种语言，因为人不仅要有交流的欲望，还需要对他者文化的理解和包容，否则交流只会流于表面，甚至懒得交流。要知道，佩索阿的第一本中文诗集是1988年在澳门出版的，但这位葡萄牙诗人并没有在澳门获得多少知音。对我而言，翻译也是一种交流，我和作者交流，也希望作者通过我的翻译文字与读者交流，这种交流有时是成功的，比如我翻译的埃乌热尼奥·德·安德拉德，深得读者的喜爱。但交流也会有障碍，比如我翻译的佩索阿的爱情诗，多少颠覆了不少读者对爱情诗的认知，因为佩索阿绝不会像聂鲁达那样写爱情诗，更多的时候爱情只是他思考宇宙的一个概念，因此抽离了欲念、身体或者情感。

冯娜：是的，虽然交流中有困难和障碍，但是只要走出"孤岛"，面对"海洋"就是至关重要的一步。像佩索阿这样的书写不单纯是面对自我和他者的交流，他处理着更大的关于宇宙的命题。诗人作家们在书写中，往往处理的是对时间、地理和事件本身的认知，而这些认知非常具体。我们也必须看到即使身处同一个地理空间，人们对该地的体认差异是巨大的。特别是位于改革开放前沿的湾区城市群，社会交互性和人口流动性极强，湾区不仅是"原初居民"的湾区，更是众多"新移民"的湾区。而在精神空间，我们早已步入了"日行千里""耳听八方"的赛博时代，面对更加复杂、丰富的生存经验和生命体验，如何自觉更新写作观念，形成自我的美学风格，是作家诗人的长期挑战。

姚风：是的，我们即使身处同一个地理空间，对这个地方的体认差异是巨大的，但这种差异是美好的，是有意义的，一个作家首先是一个独立的人，他必须听从自己的良知甚至本能的呼唤，有意去维护并张扬这种差异。在文学创作中，统一思想是可怕的，它无异于宣告文学的死亡。因此，哪怕你"日行千里"，或者"耳听八方"，你应该还是你，那个与众不同的你。

"我知道自己还拥有一把火柴" *

对话霍俊明

霍俊明：冯娜你好。转眼一年又要过去了，时间就是一个残酷的沙漏。从编选中国青年出版社第二季的"中国好诗"，到现在阴郁的午后写这个访谈提纲，我想到的是在北京好像还没见过你（也不知道在忙什么），起码应该请你吃顿饭什么的。照例，还是像提问其他首都师大驻校诗人那样，先说说北京、首都师范大学以及北方给你的印象和感受吧！你和以往的驻校诗人一样，仍然写到了窗外的那几棵白杨树。它们仍然蓬勃挺立，每年看着诗人来去，看着形形色色的行人和人生。

冯娜：霍老师您好。看到这个问题，我回想了一下第一天到首师大驻校的情景，犹在眼前又似乎过去了很久，白驹过隙，确实如此。首都师大那棵白杨树见证了十多位诗人到达北京，又从北京出发的旅程，就像一位沉默的智者，任凭我们来去，它自在枯荣。

北京，或者说北方给我的印象是粗粝、大气的，相比起我长期生活的岭南，它干燥、平坦、宽阔、四季分明；北方人性格相对豪爽、直接，也给了我一些不同生活的体验。由于工作等原因，我在北京的时间比较散碎，但我还是去感受了一些属

---

* 此文为于首都师范大学驻校期间的对谈。

于北方的情致，比如潭柘寺的晚钟，玉渊潭的樱花残荷，曹雪芹、马致远的故居……

虽然每次来去匆匆，我们在这将近一年期间也未见过面，但是如我一位朋友所言，阅读就是最内在的交流。我相信虽然我们极少见面或闲谈，但依然保持着持续的交流，不是吗？当然啦，吃饭还是可以有的。（笑）

霍俊明：你的回答，让我想到了当年南方文人郁达夫笔下的北京——故都。说到北方，我想到了你的诗歌里写到的"北方""平原"（2014年你还去过河南农村，而关于北方的诗比如《戒台寺独坐》《雾中的北方》《陪母亲去故宫》，甚至你的新诗集《无数灯火选中的夜》的"第三辑"就干脆命名为"雾中的北方"）。与短暂的"北方"相应，你的诗歌中也反复出现你现在居住的南方湿热的城市以及西南的故乡（高原、金沙江，还有星空里的猎户座），还有你诗歌中不断出现的其他空间性的场景。尤其是云南，近年来以集束炸弹的形式"生产"了大批的青年诗人，诗人这一特殊物种似乎更容易在这里吸取特殊的养分。从一个诗人的地方性知识出发，也是从一个人的生存体验出发，我想知道这些空间在生活和写作中对你来说意味着什么（比如对于一个地方的永久性停留、暂住或者一次性的"观光"）？

冯娜：我也多次提到过云南对一个诗人来说是上天给予我们的一份美好馈赠。至于它是怎么样的一份美好馈赠，我就不赘述了，也许在作家诗人们的笔下，不唯云南的，都已经展现了一些精妙的局部。

云贵高原、岭南、北方甚至很多我观光游览过的地方，对我的生活和写作而言就像是我搭建起来的一个柜橱，每个地方都是一个抽屉，它们彼此联结也可能彼此孤立。打开它们中的一个或几个来看，里面储存的物件、感情、经验和记忆都是不一样的，它们会"串味"，它们会相互叠加，也会帮助我一次又一次调整它们的格局、位置和整个建筑风貌。

霍俊明：是的，空间和写作以及相应的体验并不是完全对等的，也许，精神空间更重要。去年，在北京一个喧闹的电影院里有一个小书吧（如今已经拆除了，尽管距离这篇访谈只有短短几个月的时间），有一天我偶然发现了你的一本散文游记《一个季节的西藏》——"盛夏时节，我乘火车去了西藏，在藏地高原经历风雨、穿山越岭，不到一个月，仿佛已历经了四季轮转。"在互文的意义上，我很喜欢读诗人"诗歌"之外的其他文本。这样能够让我更清晰地看到他的精神世界和日常生活，看到那些在诗歌中隐约可见那部分的另外一种表述方式。那么，说说你写作散文的感受，或者是什么原因让你在西藏待了近一个月的时间？肯定不只是为了写作吧！

冯娜：很高兴我的书会有这样的"奇遇"，我也经常在各地的书店或图书馆书架上看到朋友们的书籍，有一种偶遇的惊喜和亲切。我也喜欢读诗人诗歌以外的文本，甚至觉得要深入了解一个诗人必须去读他其他文体的写作。我认为那些文本会从更多的方面和层次考验和锻炼一个诗人，也有助于我们理解一个诗人的来路和精神背景。

除了诗歌之外，我一直也在从事随笔、小说等其他文体的写作。近两年来，我坚持着每周一到两篇的专栏写作。每种文体的方式和逻辑肯定是不一样的，但它们相互之间存在着相互补充、相互拓展、相互质疑的关系。

我在西藏待了近一个月时间，一方面，西藏辽阔，它的自然风光和人文景观深深吸引着我，让我流连；另一方面，它与我的出生地有很相似的东西，比如人们讲藏语、藏民的饮食习惯、干冷的空气等等，让我特别适应，有一种回家、寻访童年的感觉。写作《一个季节的西藏》这本书是后发起意的，而且涉及西藏的书在出版时遇到很多障碍，这本书面世时其实已经改动很大，所以我自己已经较少提及，感谢您还遇到了它。

霍俊明：2015年6月，台北的夏天阳光炙烤，溽热难耐。临近黄昏的时候，我和沈浩波横躺在台湾海峡北海岸一块巨大的焦黑色岩石上。岩石是温热的，海风吹拂，深蓝色的海水在身边拍打、冲涌。这一时刻刚好适合来安睡。同来的你坐在远处礁石的一角，留给我们的是穿着淡绿花裙子的后背。不远处，一只白色的水鸟静立在大海的一根漂木上，漂来荡去如神祇安排在这个下午的一个小小的神性启示。半眯着眼望着天空，沈浩波对我说他以前有一句诗写的就是这片海岸——"连大海的怒浪都是温柔的回眸"。而差不多是在五年前，"话痨"胡续冬在淡金公路上也写下了这片北海岸，"转眼间的盘桓/转眼间的风和雾/转眼间，旧事如礁石/在浪头下变脸//一场急雨终于把东海/送进了车窗，我搂着它/汹涌的腰身，下车远去的/是一尊尊海边的福德正神"。老沈和你被大海迷住了，不想走了。我当时还打趣地说那你们留下来看夕阳吧，我自己回台北去了。在来台湾之前，我曾经在一张废旧的报纸上写下几个字："海岸聆风雨，江涛正起时。"这次台湾之行和诗歌交流，现在想起来是什么感受？在明显的区域文化面前，你与台湾青年一代诗人接触得多吗？或者说二者之间的写作有什么不同吗？

冯娜：谢谢您让我重温了那个温暖的海岸下午以及台湾的诗歌之旅。那次交流，回想起来很美好，无论是台湾的好天气、文化氛围，还是与诗人朋友们的交流和相惜。

我对台湾青年一代诗人接触并不多，也较少读到他们的作品。在我们在台湾交流的过程中倒还集中读到了一些诗人和他们的作品。在这次台湾之行结束后我有一篇文章提到了这个问题，无论是大陆还是台湾的诗歌新生代的力量，都是深受互联网影响、生长于全球化语境中的新一代，他们的表达一方面更具活力和个性，甚至有很激进、生猛的一面；另一方面也呈现很多碎片化、扁平化的特质。与老一代的写作有不同的面貌，有继承也有发展。

霍俊明：是的，"青年"，并不一定代表了进化论，在我看来"青年写作"是一个中性的词。接下来，我想问一个切实的问题。你的写作时间也不短了，那么到现在，写作过程是否出现了困惑和一些不能解决的问题？

冯娜：我拖了这么长时间没能完成这个访谈，就恰好说明了这个问题。我确实在写作过程中出现了很大的困惑，这些困惑来自写作，更来自生活本身。譬如，在我当下这个年纪，个人生活全面进入压力期，要如何协调日常工作生活和写作的关系；当我的思维方式、写作模式有一些固化的因素出现时，如何突破自己；作为一个作家和诗人，该从哪些方向发展自己的智力，增强自己的修养和意志……回到我们内心深处，那种写作的信念是否真的根植于心，每个写作阶段你如何贯彻你的信念？这些都是问题，经常冒出来敲打我。

霍俊明：确实如此，这是我十多年做驻校诗人访谈，被访谈者反馈最晚的一次，我还以为哪里出了什么差错。关于写作的困惑谁都会遇到，也不必焦虑，放到写作里慢慢去解决吧！生活和写作的关系，打一个最拙劣的比喻就像是水和盐的关系，到最后二者已经很难完全剥离开来。如果我们再次将视线转向你的"出生地"（你的一首诗就叫《出生地》），你觉得就写作自身而言你和她之间是怎么样的一种关联？你有没有有意识地比较过同时代的其他云南作家的写作与自己之间的关系？

冯娜：出生地与我的关系在这首诗里其实也已经阐明，"他们教会我一些技艺，是为了让我终生不去使用它们/我离开他们是为了不让他们先离开我/他们还说，人应像火焰一样去爱是为了灰烬不必复燃。"一个人在童年接受的信息，会是一种重要的暗示，我觉得我的出生地为我埋下了一颗种子，不管这颗种子发出的会是诗歌的叶芽还是其他枝丫，我觉得它总是在启示我返回到那种朴素、自然、真实的情境当中。

云南有许多优秀的诗人和作家，前辈们的写作对我来说是一种良好的启发；说到与我自己的关系，我始终认为还原到作家本身，每个人都是独立的个体，哪怕是有共性的基础，我们所书写的还是个人化的生活现实、精神世界。如雷平阳老师的云南跟海男老师的云南肯定不一样，王单单的云南跟我的云南又会不一样。这就是每个诗人每个作家的意义所在。

霍俊明：即使居于同一个空间，作家的个性和人的个性必定是不可消弭的。而反过来也可以看这个问题，当我们将不同的作家和文本置放于同一个空间，尽管他们的面目和风格不同，但是却又总会发现一些秘密根系的勾连，这同样是不能忽视的。你在广州很多年了，又与图书馆有特殊的接近，我想知道广州校园里的青年学生和诗歌阅读之间是什么一种状况。我也知道你和广州的诗人交往比较多，你对于一个城市的诗歌生态以及诗歌活动怎么看？

冯娜：我在高校图书馆工作将近十年了，接触青年学生也很多。广州校园相对北方高校而言，可能商业氛围更浓，学生创业、在外兼职、做生意的很多。当然，也有读诗甚至对诗歌很热爱的学生，比如有一次我在某学院主持一个规模很小的诗歌活动，就有学生从其他校区赶过来。不过这个时代，无论是高校还是整个社会，诗歌的读者总是少数吧，我觉得这是正常的。诗歌永远只属于需要它的人。

我在广州有一些认识多年的诗人朋友，其实也很少见面，偶尔参加一些活动也就是为了朋友相聚。我们会关心彼此的写作和生活，也会忙于自己的日常。某种程度上，我觉得许多广州诗人相对务实，他们更重视在自己的一亩三分地上耕耘。当然，广州的诗歌活动很多，各种层次级别都有，诗歌生态我不太敢妄论，但我觉得诗人总是会检验这些生活，这些事物同样也在检验一个诗人。

霍俊明：就我所知，女诗人当中包括你在内，有几个对植物的了解程度让人瞠目（比如路也、桑子、安歌、子梵梅，安歌甚至写了《植物记》）。而植物也并不是女性的特权，据我所知徐俊国正在集中创作关于草木的组诗。那么你和植物之间这种接近是天然性的还是有意识的？你有没有在诗歌中来处理这些植物？我想到了你的一句诗——"每一株杏树体内都住着一盏灯"。在我看来这也并不是西南省份一些少数民族诗人万物有灵的对接,而是来自天性的自然而然的个体观照方式——有什么样的内心就看到什么样的事物。内心有猛虎,周边必将寸草无生。

冯娜:诗人安歌、子梵梅、沈苇写植物的书籍我都看过,作为资料查阅,因为我自己在一个报纸写关于植物的专栏。我想人类对大自然都是有天然的亲近的,这是城市生活所不能驯化的。当然,作为写作,如果了解、认识和展现这些自然事物,肯定会有有意识的方法和技术,这个是写作和思想层面的问题。

在诗歌中我也会写到很多植物,这是以物比兴、托物言志的伟大诗歌传统的余音,也是自我经验和意识的涉入。在西南高原生活,我们对动植物有天然的亲近,我们与它们并不隔膜,就是它们的一部分。就像杨丽萍的舞蹈,她不是去表现雨水或者月光,她就是雨水和月光本身。这是万物皆是我、我即是万物的心性。也许这种心性的获得必须通过那样与自然共生、共情的生活,这是不可复制也不能模仿的。

霍俊明:还得再次回到诗歌与日常和空间的关系,你在领取"华文青年诗人奖"的时候谈到诗歌不仅与自我和自然有关,而且还要面向所处的这个时代的现实。读你的诗,很多时候我会看到你诗歌中的地方空间、人事、场景和细节都已经被情绪和知性过滤化了。甚至在很多诗歌那里我是与具体而虚化的人事相遇,场景既是真实的又是虚拟化的。这正是寓言化和拟场景的出现,我在谈论雷平阳长诗《去白衣寨》的时候专门提出我自己的一个认识——拟场景。具体到你的诗歌而言,这一拟场景化的表达方式恰切地处理了自我与世界的真实关系。在拟场景方面最具代表性的是《中国寓言》中那个火车上被偷走的骨灰盒。吊诡、不解、充满戏剧性的巧合，而这就是生活和诗歌存在的核心部分。

冯娜："拟场景"这个词让我想到在今天这个大众传播时代，传播学上我们使用一个词——"拟态环境"，意即它是由大众传媒塑造和虚拟而成的环境，而不是真实的现实环境。"拟场景"也许也类似一个诗人塑造的拟态环境，它是艺术的真实，而不是现实的真切。但无论是艺术的虚构还是现实的再现，它都离不开一种精神逻辑和心灵世界的传达。这一切也会牢牢围绕一个内核，就是人类的现实生活及精神世界。如何更加完整、有效、深刻地反映人类的现实生活和精神世界，就有赖于诗人"拟场景""拟故事""拟灵魂"的能力。

霍俊明：有杂志把你列入"少数民族诗人"专辑，那么你如何认识诗人和"少数民族身份"之间的关系。而有些所谓的少数民族诗人生活在汉语生活圈，用汉语说话、用汉语写作，那么这本来应该具有的"少数族类"以及相对应的诗歌的特殊性话语方式在哪里呢？有时候会看到偶尔你晒晒和母亲的照片，诗歌里也反复出现她的身影。母亲对你的生活态度甚或以此又通过各种方式进入你的诗歌有影响吗？

冯娜：我好像说过很多次，我很少主动意识到少数民族的身份，也不会去刻意提及。在汉文化影响很强大的当代，少数族类相对应的特殊话语方式应该不是体现在语言文字上，而是一种心灵特质上，比如之前说过的对大自然融为一体的感受，比如对本民族一些文化习俗的继承和扬弃，等等。

我的母亲是典型的白族女性，能歌善舞，热爱生活，人到中年依然保留着天真、纯粹的个性。她对我的影响很大，她像一个朋友一样理解我的写作和思想，作为两代人，这点很不容易。

霍俊明：我看到有评论者将你称为"抒情诗人"，就此你怎么看？也就是说，如果有"抒情诗人"，就还有"非抒情诗人""反抒情诗人"。

冯娜：其实我不太在意评论家怎么指称（笑），我觉得这是你们的工作。作为一个诗人，我的工作是写好诗歌，至于我动用了抒情或是其他方式创作，那是我认为创作之必需、诗意之必需。"某某诗人"这样的标签和指称，往往只是攫取了其中的一个要素，我认为并不全面也不完整，对一个诗人本身的创作也不会有太大影响，反倒会造成很多遮蔽和误读。不过这是评论家的介入方式，对写作者而言也会尊重，但不应被其所束缚。

霍俊明：实际上评论家是一种近乎悲哀的工作，说了那么多话被评论者不仅不一定领情，而且还很容易招致不满。做好评论的难度不仅不亚于任何创作，而且比创作还要难，因为在我看来评论就是一种创作。你近期写了很多《短歌》，这些诗题目形似，那么在整体性上而言这些文本之间是什么关系呢？

冯娜：这批《短歌》写作于同一时期，我觉得从整体性上说，它们也许会集中反映我这一时段的写作状态和心灵风貌。但它们每一首是各自独立的，我希望它们能展现它们各自的外延和内涵。

霍俊明：问一句和诗歌有关也和诗歌无关的话。诗人里面路也是最懂星座的，她即使看到一个陌生人，听他说两三句话就能判断这个人是什么星座和血型。就我所知你是处女座，在我接触的诗人里面欧阳江河、汤养宗、雷平阳、桑子也都是处女座，你觉得星座作为一种特殊的知识靠谱儿吗？

冯娜： 我对星座或星相学所知甚少，据我了解它本身是一门很复杂的玄学门类，里面应该包含着很多知识，不是单纯的性格分析那么简单。它靠不靠谱儿我不知道，但星座是一个人们茶余饭后消遣的好话题。在饭桌上经常会有人批判完处女座，转头再问我，你是什么星座？

霍俊明： 11岁那年丽江大地震时，在夜晚的院子里你仰望星空第一眼就寻找到了猎户座。转眼20年过去了，希望你能够在诗歌和现实中找到那永久性的慰藉。

冯娜： 北半球的冬季星空猎户座很容易被辨识出，这是我最熟悉的星座，到今天依然是。艺术总是在黑暗、失落的时候慰藉着我们，启迪着我们。我相信，比起20年前，我更加懂得这慰藉，也更能体会这启迪。感谢霍老师，也愿诗神一直庇佑你。

霍俊明： 人生如浮云，诗歌的生命力也未见得多么坚实——这也许正是诗人的焦虑之处。希望多年之后，还有人记得一些诗句，记得一些对话，记得曾经的一个时光的碎片。

事关存在的启示

对话江非

冯娜：江非兄你好！很高兴在春天即将来临的时候能邀请你一起聊聊写作。近日你好像从海南返回了老家山东过春节？轰轰烈烈的中国"春运"可以说是人类历史上非常独特的景观，人类这种大规模、短时间内的集体迁徙举世罕见也深具现代诗意。"春运"连接着人们的他乡和归途，承载着人们的乡愁，也是现代中国人"生活在别处"的现实缩影。城市化的进程伴随着人口大量的流动、庞大城市的崛起和乡村生活的变迁，在现当代文学作品中我们也可以看到很多关于我们生存现实的书写，有大时代的翻云覆雨，也有小人物的悲欢喜乐。在诗歌领域，我们也能明显感受到诗人们面对当下的书写倾向和难度所在。一些诗人所流连的乡土书写与乡村的真实图景相去甚远，不免沦为田园牧歌式的陈旧怀想；现代城市生活的纷繁复杂则考验着诗人对现实的勘探、深掘和承担的能力。你和我，都属于从故乡到异地的一员，我们都有过山乡生活的经验，如今长时间驻留的都是中国南方的城市。你觉得这些生存经验对你的写作有哪些影响？

江非：冯娜好。是的，回答这些问题时，我已经在山东了。这些年来，我每年春节都要回到我的故乡山东临沂，我也是你所说的"春运"流动人口中的一员。"春运"这种现象其实是制度释放、工业化和信息化产业发展、城市化递进，以及传统文化与情感规定等各种因素所导致的以回归和团聚为主题的一种现代游牧。这是一种时代现实，也是一种伟大的时代精神。它的实质其实是劳动与血统，被时间性引发，但是以空间性得以表现。我想围绕着这个主题的生活，不仅是我们有，其他国家和民族也是如此，比如古希腊、古罗马以及现在的基督教文化，尤其是古罗马的家火文化。我们的传统文化中，不仅是儒家文化提倡这种"回归与团聚"，道家的《老子》一书中，在论述人与世界的三种最重要的关系时，也提出了"一曰慈，二曰俭，三曰不敢为天下先"这样的论述，这里所说的"慈"就是血统，是排第一位的。我们古代的"四大名著"，也无不是以回归为主题，《三国演义》是回归血统，《水浒传》是回归身份，《西游记》是回归真理，《红楼梦》是回归天性真谛。我记得多年前曾看过一部欧美的电影，说的是一位老人已经身患各种绝症，他最后的愿望就是去看看他几十年没见的亲弟弟，于是他就开着自己的一辆千疮百孔的割草机上路了，西方类似的以《荷马史诗》为代表的文学著作和真实历史事件更是数不胜数。可见，游牧与回归并不仅仅是我们的时代才有，它应该是一种人的普遍性，只不过可能因为我们参与的人口更多，时间更集中，流向更明显，而我们历史上又是以聚居的农耕生活为主，才会视这种现象为一种奇观。它其实是生产要素的关系发生改变后，由于血统的原因所引发的回归与团聚。我说这些，其实是想说，我们的写作的最终的目的其实并不是要去写那个图景，而是要去写那个图示。尤其是诗歌，它是围绕着各种现象后面的本质而开口说话的，它是属于普遍性，尤其是属于同一性的。而且，诗是一种表现，不能仅仅是一种表述或者表达，任何的外部因素只有经过和人的心灵的反应之后，才能构成最终诗的现实。只是外部的经验现实，那不是真的现实，因为心灵还没有对其进行观照和审视，而这个观照的过程，就是和普遍性与同一性对照的过程。我们经常能听到一些文学论述，使用我们习以为常的概念，说杜甫是一个现实主义诗人，对此，我却不能苟同。因为，在我看来，现实只是杜甫的依据。他的诗作的本质表达是：仁爱。这其实也是诗歌的最高现实和经验。杜甫不是那个写所谓的"时代现实"的人，他一辈子都没说过可能也不知道诗歌的"现实"是什么。他的脑子里，只有四个字：天下，仁爱。杜甫的诗，一字一君子，始终处于他的"理式"之中，而不是众人所认为的那种简单表象的"现实"之中。他的作品都是面向他的那个时代，面向儒学的君子天道之心的回归。没有这颗心，我们所谓的那些"现实"，根本就不会凝聚纳入他的作品中来。杜甫的伟大之处在于他书写了那个崇高之心的现实，他深刻地言明了人乃是历史和集体精神之人，而不是单纯的美学之人，这个"人"的灵魂，即是以天下观念为心怀的仁善。杜甫是"为什么写"的最好的代表。他不关心"写什么"，他通过他的心，创造了他的自我即理想的人的形象。所以，我们不能颠倒过来去言说杜甫，说他是一位现实主义诗人，我们只能说他有一颗仁爱至善之心。杜甫始终处于经验的最高层：饱满的理念世界，而并非现实世界。所以，诗歌中的现实或经验，和我们面对普通现实的知觉或理性的经验不是一回事，它的要求更高，它不是个人所经历的一切，不是那些所谓的"日常"现实，也不是那些所谓的时代现象之实，不是那些"事情"，也不是所谓的"事实"，而是个人与历史记忆中的"事件"。事件是一个启示，是被诗人之心审视后的一个例外，它面向普遍存在，与时间的过去、现在和未来同时开启。它通过普通现实中的"我在"，经过语言和言说的"我有"，而抵达"我能"和"我是"。所以，所谓诗歌中的现实或经验，仅是诗人之心对"为之何人"这一命题思考的纳入之物，并不是诗的根本目的。我们熟悉的几位古代诗人中，王维的人之真，李白的人之美，杜甫的人之善，陶渊明的人之逸，都是事关人之根本的。他们都是在呼唤普遍性和同一性。里尔克说诗歌就是经验，但他紧接着说，经验就是回忆，那么回忆是什么？我想，可能就是我们上面所说的这些。所以，在我看来，我们传统使用的"心"这个概念，和与之对应的西方传统使用的"灵魂"这个概念相比，我个人更喜欢"心"这个说法，"心"更侧重情感直观，而"灵魂"则要涉及理性规定和反思。所以，说到不同的生存经验变换对我个人诗歌的影响，我觉得几乎没有，因为从我个人的心灵里，我一直觉得我活在地球上，我在过去、现在和将来的人类之中呼吸，我有一个"血"的起点，我所面对的唯一现实是生死、劳作、时间和思虑。所以，如果我们信里尔克的话，我觉得我们还是回忆里有什么，就去写什么，尽量不要去跟随那些目之所及，而是要忠于心之所到。目之所及是日神管辖的范围，已经有无数先贤论述过了，它具有很大的欺骗性，不属于诗神和酒神的领地。

冯娜：是的，关于经验和感情里尔克也有过非常精妙的论述，也给我们很多启示。忠于自己的内心就是和自己的经验和感情达成某种契约，无论是用写作还是其他方式表达，都是生命本身最真切的声响。我知道你在海南已经生活了15年之久——山东和海南，一北一南，在地理气候、人情风俗方面有很大的差异，我想这些事物都在潜移默化中影响着一个写作者的视点，就好像前段时间我整理自己的诗稿，发现自己在不知不觉中写下了不少关于岭南、南方的诗歌。我在你的诗歌中也读到过很多关于北方风物的描写，比如苹果花、柿子树、布谷等等，这些词就像雪粒子一样蹦出来，提示着地理空间；你也书写过很多海洋、海风中的生活，在你去年出版的新作《泥与土》中都能读到。当然，目之所及、耳之所闻的"第一手经验"给写作者们提供了最直接的素材，然而在全球化语境中很多经验并不具备独特性、异质性，同质化、扁平化的书写比比皆是。关于这个问题你怎么看？

江非：这个问题的一些内容，其实在上一个问题的回答中已经涉及了。这里我想着重谈谈我所认识的地理空间或者是地方性和文学写作的关系。我个人认为，文学地理学给我们提供的不仅仅是一种不同的生活经验或是写作的素材，关于文学地理性的讨论也不能简单地沦为题材论或者是群体论这么低级的一些论调里去。它可能要更为广阔，更为深远。因为，在我看来，文学地理学的本质其实是思维方式地理学，它关乎一个地方的人文精神对于时间与空间的理解。最终是思维节奏的不同和对于时间理解的不同，集中表现为独特方言性，而呈现在具体的文学作品中，不同的思维方式看待同一事物，在北方可能是以隐喻、寓言的方式为主的，在南方或者海南这里，却是以象征和提喻的方式为主的。而以整一性的时间观念看待和以分殊性的时间观念看待同一个东西，也是完全不同。

孔子说"诗言志"。这里的"志"是什么意思呢？在春秋话语系统中，这个字意思是指"在人的心中刚刚产生还没有清晰的念头"，也即人的思维逻辑的运作与思维内容同时发轫的共存状态。他所言的"思无邪"是引自《诗·鲁颂·駉》中的"思无邪，思马斯徂"，其意思是"所思像奔马一样自由"，这其实和"诗言志"都是一个意思，都是指诗必须实现一种思维情感的自由。而这个自由在不同的文学地理性上，就是那个方言性。而它最终会表现为一种诗歌或者文学的思维节奏。这在很大程度上，让诗歌归根到底只能表现为是一种形式，而不是一个内容。我们平时所留意到的那些不同的诗歌内容或者素材，其实仅是被不同的思维形式所自然纳取而来而已。这个和人的意识主观没有关系，这仅是先验逻辑在人的意识中映现的一种特性，是这种特性的一个概念化语言化的凝结。所以，如果你不在一个地方出生，不在那里具有血肉般的生活，不具备一个地方的方言性血统，你可能很难真正完美地去获得那个地理性世界。即使你勉强去写了，你写的其实依然是你那个原有的方言性，仅在内容上看起来有点儿异地风光而已。你的真正的第一手经验，依然是你自己的，而不是来自你立足的那个地方。

至于说到"全球化语境中经验"的匮乏性问题，我想这是一个古老的话题了，本雅明早就明确地发出过质问，我的个人观点是，不用去过于在乎这个问题。因为对一个真正的诗人、作家来说，经验自古以来就是一样的，就是生死、劳作、时间和思虑，不同仅是每个作家从同样的经验里抽出来的那个东西。我相信，福克纳和马尔克斯、莫言和余华，如果他们都写了同样一句话"他把铁锹用力插进了三尺深的冻土"，他们所要说出的东西是完全不一样的。在这一点上，我们要相信《诗经》和佩索阿这样的诗人的教诲，相信重复即差异。其实文学的使命之一，就是以重复中的差异来对抗经验的匮乏。那么，同样经验之下那个被说出的不同的东西来自哪里？我想应该是来自一个诗人、作家对于人类话语生产的历史总体性的把握。以当下的诗歌现象为例，比如你搞古典主义，如果你持有的是新诗近四十年史这个认知总体性，就是对的，但是如果你把握的是中国全史这个总体，它就是错的。如果你持有的是法国现代思潮史，搞词玄主义就是对的，但如果你把握的是中国古今诗歌通史这个总体，它就是错的。但如果你把握的是人类全史这个总体，一切就无所谓对的错的，因为任何批评或者话语在这个把握上，已经失去类似的判断功能，而仅具有话语时间的生产这一唯一功能，仅是一个再生时间的域度差别而已。如果再进一步，你从历史与真理上的双重把握，那又是另一番结论。所以，在这个话题上，同样的经验所导致的作家、诗人的差别就在于三点：你有没有一个历史总体把握，你把握的这个总体是什么，你在这个把握之下和创作现场的结合结果是什么。而第三点尤为重要，它既能反映出一个诗人、作家把握的那个历史总体是什么，又能检验出作者对于这个总体以及单纯历史本质的理解程度。所以，我们还需要始终看到文学或是诗歌在其艺术自身之外的一个重要使命，而不能单独地沦为文学之内的文学、诗歌之内的诗歌。中国诗歌史上，有两件开天辟地的大事，一是孔子辑《诗》，二是胡适写"新诗"。这二位先贤，都是他们时代的最卓越的经验主义与实用主义思想家。无独有偶的是，他们辑的诗和写的诗都是以两只动物开端，孔子的是"关关雎鸠"两只水鸟，胡适的是忽忽飞的两只"黄蝴蝶"，但他们当时辑诗和写诗的根本目的却不是为了诗歌本身。孔子是为了建立他们那个时代的语言修辞学和形式逻辑学，为他心目中的那个理性社会的建立而提供更为规范的思维和语言逻辑工具；胡适则是为了语言的解放，以为当时的新思想与新理性建立可用的语言工具。可以说，他们"为诗"的目的都是双重的，其中重要的一条就是着眼于人的塑造和人类理性发展的。但可叹的是，这两个事件的结局竟然如出一辙，都是"两个黄蝴蝶，一个在天上，一个忽飞还"。在经历数代之后，孔子的"诗"终于演变成了除少数诗人之外的单纯的诗之内的"唐诗宋词"，经过近百年的发展，"新诗"也走到了目前的境地。所以，我期望，我们看待文学或者诗歌，能最大限度地尽快摆脱法国的运动论和苏俄的差异论给我们带来的长期的视角影响，建立一个符合其本质使命的评价方法，以获取承认的机制带来更多本真的认识。

冯娜：江非兄说得非常好。我觉得对作家、诗人而言，首先要解决的是文学观念的问题。我们怎样认知世界，怎样把握历史总体，怎样介入现场，其实都考验着一个诗人的综合能力，它不是一个单纯的立场问题，更不是写作技术、手段等问题。随着时代的发展，社会展露的复杂性也越来越丰富，你所说的对文学更本真的认识就尤为重要。

借这个对话机会，我也想感谢江非兄。在2021年，四川泸州的某个诗会后闲聊时，你给朋友们讲了一个故事，让我得到了一首诗——《一个海员的日记》。我到今天还记得你亲身经历的这个故事：你年轻时是海军，某次任务时，你们在舰船上漂流了数日。在茫茫海域中，人们对时间丧失了真切的感受，当满月的夜晚，月辉之下的甲板看起来会和海水连成一片，仿佛是木质楼梯前铺上了波浪般的地毯。你的一位年轻队友，就在这样的一个夜晚平静地走向了大海。当时听完这个故事，朋友们七嘴八舌，有人认为他是不是受到了海妖塞壬的蛊惑；有人认为他是在梦游中失足；有人认为是长时间的航行让他丧失了理智……你平静地讲述了这个故事，却给了我极大的震撼，半年后我用第一人称写下了《一个海员的日记》。作为一个写作者，我们不仅需要自己的故事，我们也需要他人的故事、"二手经验"。在你的诗歌中，似乎不太能读到你的海员生涯，是否出于种种原因，你有意隐藏了这段经验呢？

江非：首先祝贺冯娜根据那个故事写了一首好诗。说到这个往事，其实涉及了当下文学界的一个热点问题，即人和自然的关系。对于这个问题，我看近来诗歌界、小说界和散文界都有所讨论和关注。我个人认为"自然"在我们的诗歌中起码包括了四个层级。一是原野的自然，它所显示的是对死亡的展示与对人的拒绝，人面对它，只能处于一种对时空的丧失之中，比如诗人李白在《蜀道难》和《梦游天姥吟留别》中所说的"自然"。二是荒野的自然，它代表的是人的沉思与嵌入，人在其中获得空间中的存在，比如王维在《山居秋暝》等诗篇中所述。三是田野的自然，它意味着劳作与亲和，人在其中获得时间的存在，比如陶潜在《归田园居》中所言。四是视野的自然，自然在这里成为山水与风景，意味着情调、符号与消费，人在这种符号化的自然中呈现出了无奈的移情与身份的丧失，比如谢灵运的代表作《七里濑》中的"自然"。严格来说，只有前三者才算是关于自然的写作。自然的根本属性是事关存在启示的绝对死亡。我们当下一些涉及河海湖川草木花鸟的诗歌，大多都是第四种。自然，它作为原野，给我们提供纯粹的时空形式，作为荒野，给人提供恐惧和敬畏，作为田野，给人的是劳作、生活和生命展开的形式。作为视野之物，给人的则是一个可以游览、拍照、制作、怡情的对于"自然"的观念性模仿和复制。借用马丁·布伯的话来说，人在荒野的"自然"中，称颂的是"我和你"，在田野中，则称颂"我和他"，在视野中称颂"我和它"，在原野中，人无言称颂。对主体来说，它们分别是被腹语、低语、话语和词语所分割区别的四个"自然"。所以，我们可以说，自然在诗歌中呈现为三种质素：本质、属性和功能。李白的"黄河之水天上来"道出了自然的本质，王维的"清泉石上流"道出了属性，陶渊明的"悠然见南山"则是说明了自然的功能。它们和诗歌的关系分别是：语言在语言之中、语言在关系之中、语言在对象之中。其诗歌的话语形式分别是："是自然……""和自然……""像自然……"。苏东坡是第四种，在"横看成岭侧成峰"中他说出了："由自然……"，是"我思故我在"在自然的"形态"中。自然构成了我们所熟悉的人的世界之外的另一个世界，并令人充满了恐惧和好奇，它会像一场持久的地方性薄暮，进入了我的幼年经验，并和生命深处的某种东西契合在了一起。我想每个人在某些特定的时候，都会感到身后有"另一物"存在，它们作为客观之物和"对体"，跟随并凝视着我，而我，也会用另一只眼，向着那些空无之处寻找它们。人们在自然界发现和认识自身的自然性和原初性，作为人自身"剩余之物"，自然是隐藏在人的深处的那个"人类的幼年"和纯然天性。由此，人会不自觉地反复探望并试图唤醒和接近那种天性，并通过它们庄严的提示和神圣的启示，来反观自身，发现人的存在之根，认识到那些"剩余之物"才是生命的真正所在。所以，在某种意义上，由那些动物所构成的时空消失、话语隐匿的沉默中的"另一世界"，是人之本真的存在之家，它会在某些特定的时刻和情境呼唤人去它那里，而那种荒野性的呼唤最为强烈。在月光明亮、水天一色、浩渺无际的一片水的绝对荒野中，自然的那个对死亡的展示与对人的拒绝的属性已经完满到了极致，从而实现超越而成为对生命本真的展示和对生命的接纳，人也就由此丧失了社会性，向那里幸福地归依和走去。至于说听来的是"二手经验"，我觉得无须这样来界定，对于经验，不论是听来的还是活来的、想来的，只要是经过普遍与同一之心审视过的，我觉得那就是那位诗人、作家自身的经验。另外，我在海上生活了20多年，很少去写大海或者海上生活的诗歌，不是我藏而不出，而是和我对于大海的这个认识有关，那就是一个绝对的死亡，难以具体下笔，我只能把它作为一个关于生命认识的重大启示，而贯串在我对人自身的认识之中，并影响我所有的写作。

冯娜：对，我记得你说过大海曾经对你而言是一片死寂；而今你却在海边长居，生命有时总有一些奇妙甚至诡谲的"互文"，也许这也是诗意的来源之一。你谈到很多古代诗歌关于自然的思考，但我们会发现今天我们谈论诗歌，很多时候是围绕诗歌的传播而展开的，特别身处当下这个互联网时代。比如最近很多年轻人在哔哩哔哩的字幕上写诗，被整理出版成了诗集；还有很多人在小红书上写诗读诗，不亦乐乎……似乎每一次互联网平台的繁荣都伴随着诗歌传播的一阵风潮。诗歌体例短小，容易仿制，也容易传播；从积极的角度说，人们热爱诗歌、需要诗歌，在社交空间诗歌是最有品位的"社交利器"。但也因为这种大众传播、商业模式的强势介入，诗歌内部的分野加剧了，很多诗人并不认为那些分行的文字是"诗"，也认为诗歌外部的喧嚣和现象遮盖了诗歌本身。我知道江非兄的很多诗歌也在各个网络平台广为传播，缔造着"10万＋"的传说，哈哈。这些对你的写作有影响吗？你会阅读年轻人在网络上的即兴写作吗？

江非：我没有过"10万＋"哈，我只有"50＋"。我还是很注重阅读年轻人的作品的，只要是陌生的年轻人，我看到了，都会默默地跟读他们很长时间，直到他消失或者是进入了更多人的视野。我读的时候，一般不大注重他们的艺术成色或者是诗学取向，我主要是看他们在想什么，然后想想他们为何要这样想。至于诗歌的传播，历史上，诗歌书写方式和传播方式的改变，都会带来一定的影响，但是我想并不会影响到诗歌的根本，诗歌是什么，不是以传播来决定的，而是以诗歌属性来决定的，唐诗和宋词不是两个完全不同的东西。至于各种新媒体新传播技术的加入，我理解为是这些技术载体为了其自身的发展而做出的业务行为，而不是出于诗歌的原因，至于诗歌在这里面有什么双赢，那要看偶然因素的介入了。有，总归比没有好吧。

冯娜：我同意你的观点，不论是什么方式，有总好过无；语言或者说写作，其实都是存在的一种印证。我又想起很多人常常引用海德格尔的话——"诗人的天职是还乡"，并对"天职"和"还乡"做出了不同的阐释。在当下，无论哪种意义上的"天职"还是"还乡"，我觉得都很艰难。就现实意义而言，我们身后的故乡留给我们的多半是被滤镜过滤后的幼年记忆，故乡是回不去的，它已然成为现代社会的情感象征物；故乡的存在是异乡人对"过去"的凝视和重构。另一方面，从精神空间来看，在一个"物"呈现出巨大能量的现代社会，人要拨开物质的重压找到自己的精神归依之所，进而认领并恪守自己的"天职"，则更艰巨；诗人需要站在"此时此刻"预见"未来"，并与身后广大的人类世界相连。当然，现代世界无疑更直接地提供了这样的视野，让我们能够不仅看到自己的"故乡"，也能用很多方式体认到他人的返乡之旅。在这样复杂经验的穿梭中，作为一个诗人，我经常充满了困惑，不知道作为同行，江非兄怎么看？

江非：这个问题其实在第一个问题里已经涉及了。对于海德格尔的那句话，我个人的理解，那是在他的思想体系中，他对于诗与语言和存在的本真关系的一个论断。至于其他的，我和你的认识都差不多，问题就是答案，我就不多说了。谢谢冯娜在刚刚"冠愈"之后即投入的访谈。春天快来了，祝新春愉快。

如何面对"少数"

——关于少数民族诗歌
对话陈培浩

一、用一种民族视野面对汉语诗歌

陈培浩：冯娜你好！很高兴一起来探讨汉语诗歌的民族维度问题，或者说从民族视野来反观现代汉语诗歌。如你所知，少数民族诗歌研究近些年成了热点，这种研究主要是寻找具有少数民族身份的诗人进行研究，不过我对民族诗歌研究有一个疑虑：假如我们不能研究以民族语言写就的诗歌，我们就很难声称是在进行民族诗歌研究。因此，我更愿意认为，我们是用一种民族视野来面对汉语诗歌。这或许是我们今天不能不面对的现实：在汉语成为中国多民族通用语言的前提下，越来越多的少数民族诗人其实进行的是汉语诗歌写作。由此带来的问题是：多民族元素的介入为汉语诗歌带来什么？王光明教授在对"现代汉诗"进行理论建构时强调了现代汉语、现代经验和诗歌文类三者的互动，他有一段话很精彩：现代汉诗"面临的最大考验，是如何以新的语言形式凝聚矛盾分裂的现代经验，如何在变动的时代和复杂的现代语境中坚持诗的美学要求，如何面对不稳定的现代汉语，完成现代中国经验的诗歌'转译'，建设自己的象征体系和文类秩序"。不过回头看，影响现代汉诗美学效果和思想品质的应该还有其他变量，比如民族性。在全球化进程中，用刘大先的话说，"少数民族文学以携带着多样性文化因子作为优势，并很容易在较少受到文化'大传统'影响的非理性、元逻辑和诗性思维的各种'小传统'中与世界文学中的现代主义思潮接洽"。我不知道你如何看待少数民族元素对现代汉诗的更新和丰富。

冯娜：培浩兄好。很高兴你一开始就对讨论少数民族诗歌做出了一个基本界定：与其说我们是在讨论少数民族作者（或语言）写就的诗歌，不如说"我们是以一种民族视野面对汉语诗歌"。从这个角度出发，我觉得至少包含三个需要思考的核心问题。1.很多中国少数民族本身只有口耳相授、代代相传的口头语言，并没有本民族的文字。比如我的民族白族，就只有白族口语，并没有可供记载流传的文字，很多少数民族作家只能被动地通过"通用语"——汉语来写作。在这种被动使用汉语写作的过程中，是否存在一种民族语言到汉语的"转译"呢？2.王光明教授在"现代汉诗"中强调了"现代经验"，我们在探讨少数民族诗歌时其实更多的也是在讨论"民族经验"。这种"民族的""少数的""异质的"的经验也许是来自少数民族作家本身的生命传承和生存经验，也有可能来自长期生活于少数民族地区的汉族作家。譬如，长期生活在新疆的汉族诗人沈苇，我觉得他呈现的诗歌文本就具有大量的"民族经验"，那么，我们便不能说民族诗歌只是单纯由少数民族诗人写就的。如你在一些文章中所讨论的"精神地理"，我认为精神地理比现实地理更为重要。精神上的民族，比实际的民族属性更为重要。3.民族元素进入汉语诗歌，首先是一种思维方式的丰富和开拓。就像白族舞蹈家杨丽萍，她在表现某个自然事物的时候，不是用比喻或象征等手段，而是将自己视为那个事物。比如表现雨，自己就是雨；表现孔雀，自己就是孔雀，而不是通过某种喻体和中介来完成。我觉得这种天然、原始的"天人合一"的思维方式，是民族"非理性、元逻辑和诗性思维"（刘大先语）的最强有力的表达。成熟的语言背后是一套完整、自洽的生活逻辑和生命经验，但是，如何来甄别这种"少数民族"的思维方式是一个难题。

陈培浩：你提出三个很有意思的观察角度：少数民族作家在进入现代过程中的经验特殊性、民族经验作为一种精神地理以及少数民族艺术思维的特殊性，这些都很值得探讨。我们知道，民族作为一种文学表达可能体现在不同的层面上，有的体现为题材，有的体现为风光，但得其神韵者可能更会落实在语言和思维上。我读你的《云南的声响》，里面写道"在云南　人人都会三种以上的语言/一种能将天上的云呼喊成你想要的模样/一种在迷路时引出松林中的菌子/一种能让大象停在芭蕉叶下　让它顺从于井水/井水有孔雀绿的脸"，心里咯噔了一下，一个云南观光客一定写不出这样的诗。要说写一些云南特有的人物、题材、事件、风光，很多时候不去云南也可以。可是，要让人感受到那种自然流淌的别样思维，则非入乎其内、出乎其外的写作者不可。我觉得这首诗包含了云南的秘密。不知道你自己怎么解读这组诗。

冯娜：很多朋友好奇我这首诗中所描述的"人人都会三种以上的语言"，这种描述其实很写实，算不上诗意的夸张。云南地处多山多"坝子"（高原中的小盆地）的云贵高原，一层山一层人，隔一座山也许人们的民族语言或者口音就有所区别，人人都会三种以上的语言是多民族杂居之地常见的景观。不过，这确实也是一种诗意的形容，在云南地界长期生活，你会感到山川有神、万物有灵，它们会用各种方式和你对话。天上的云、松林里的菌子、大象、井水……都有自己的语言，它们在季节中流转，用自身的节律和变化与人类的生存繁衍相应和。对我而言，这首诗歌有如"神授"，就像我们白族人"会走路就会跳舞，会说话就会唱歌"，所以，我不觉得它是"诗"的，也不是"写"或"作"的，而是正如一棵芭蕉树一样生长在密林里，我只不过把它请出来给大家看而已。

如果说这首诗如你所说包含了云南的秘密，那我认为这是云南大地对于我们莫大的赠予，而我在那里度过的时日让我不经意间窥见了它些许的秘密。

陈培浩：我为什么觉得这首诗隐藏了"云南的秘密"，因为它里面有一种怎么说呢，奇特的脑回路嫁接。云南人人都会三种语言，这三种语言为何是呼云的语言，是引菌的语言，是导象的语言，我们完全不清楚，它突如其来、横空出世。这种非逻辑、非线性、非象征的语言，又那么真切让人觉得里面就包含着云南的实质。不过如你所说，这种审美思维的民族性很可能是只可意会不可言传的。我们如何描述少数民族审美思维跟汉族审美思维的差异，这已经很难；遑论进一步去论说不同少数民族之间的审美思维差异。不过我想不妨换一个角度，就是从谈论那些在民族性表达上令人印象深刻的诗人，并进一步去追问他们的写作对当代汉诗的丰富。你能否结合几位印象深刻的诗人诗作谈一谈。

冯娜：是的，这首诗包含的"奇思妙想"确实是"非逻辑、非线性、非象征"的，它们怎么来到诗里，我也觉得只可意会不可言传，这就是固有的思维和经验所造就的吧。正如里尔克所言，诗歌不是情感而是经验，情感人们早就足够了，"为了一首诗我们必须观看许多城市，观看人和物，我们必须认识动物，我们必须去感觉鸟怎样飞翔，知道小小的花朵在早晨开放时的姿态。我们必须能够回想：异乡的路途，不期的相遇，逐渐临近的别离"。也许这首诗包含的就是这样一种生活经验，我在云南看到的、听到的、度过的。这种生活经验的差异不仅来自民族，也来自每个个体对万事万物的观察、体会和领悟。

在阅读诗歌作品时我很少首先去关注写作者的民族和出身，但有些诗人对于民族性上的表达确实令人印象深刻，让人无法忽略他的民族身份。在我的阅读范围内，彝族诗人吉狄马加、回族诗人宋雨、满族诗人娜夜、蒙古族诗人舒洁、藏族诗人扎西才让等诗人都让人有难忘的印象。

吉狄马加的诗歌很大气，他早期写作显露出为自我民族代言的强烈意愿和意志，譬如《毕摩的声音》《自画像及其他》，这种向世界宣告"我是彝人"的民族自觉很让人敬佩。

宋雨的诗歌向人们展示了新疆边地的纯粹、悠远，像阿泰勒的群山和桦树林，她有一首诗歌我印象很深，《河》：

没有比克兰河更熟悉我的河了
出生的时候，我在它的东边
成长的时候，我在它的西边
出嫁的时候，我又在它的东边
爱一个人的时候，他在西边
恨一个人的时候，他在东边

这是只有在克兰河也就是西部边地长期生活过的人才有可能写出的诗句，它浸透的是一个少数民族的生活、感情和梦寐，这首诗有相当强的抽象能力和概括性。满族诗人娜夜的诗歌民族性并不明显，却恰好展示了这个民族在我们国家历史独特的文化高度；她的《生活》《起风了》《飞雪下的教堂》等诗歌都流传甚广，有整洁、简约、隽永之美。蒙古族诗人舒洁写作多年，以自己的民族为傲，这种强烈的民族自尊心我觉得就是诗歌的品质；他的抒情长诗《帝国的情诗》，以成吉思汗的西征为背景，写出了一代蒙古人的感情和命运。以我对西藏的了解，我觉得这是中国最具自然诗意的一块土地，扎西才让的诗歌在发掘藏地诗意中很别致。我也很期待还有更多的少数民族书写进入我们的视野，我更希望看到有一种体量庞大的、有总体性的民族书写向我们展示一种少数民族文明，这将是对汉语写作一种强有力的丰富。

二、诗人应建设母语及其诗性

陈培浩：有一个问题我们常常忽略了，即我们的母语其实是一棵仍在生长的树。某种意义上，诗人负有建设母语及其诗性的责任。人们常常强调现代诗歌的自我性和私人性，它的高贵也来源于此，比如"献给无限的少数人"；阿兰·巴丢说得也很典型："诗的行动不可能是普遍的，它也无法成为公众的欢宴""诗歌既不表达也不进入一般的流通。诗歌是叠合在其自身内部之上的一种纯粹。诗歌毫无焦虑地等待着我们。它是一种闭合的显现。我们朴素的凝视展开它如同一把扇子"。这种立场展现了诗歌朝向语言内部风景的"原子性"，但这只是一方面，我很认同T.S.艾略特在《诗歌的社会功能》中提出的观点，他认为诗人对其民族并不负有直接责任，但对于其民族语言负有直接责任。更具体地说，他认为"诗的最广义的社会功能就是：诗确实能影响整个民族的语言和感受性"。艾略特显然注意到语言的生长性，以及诗歌对于语言生长的重要作用。或许，我们并不是住在一间已经定型的叫作汉语的大屋子里，我们是站在一棵每年都在换叶，每年都在生长的汉语树之下。很多人为什么常会觉得他习得的是一套已经先在固定的语言，或许跟语言工具论有关。假如语言仅仅是我们使用的工具，一把钉钉子的锤，那么在我们使用它之前，它当然必须是已经完成并客观存在的。但假如我们秉持语言存在论的话，就会发现，我们不是使用语言，而是活在语言中，语言是我们的瞭望镜，是我们的屋子和后院，也是我们的墙。我们想要什么样的生活，就需要建设什么样的语言。语言的腐败和板结导致的是我们精神的窒息。回头看百年中国的现代汉语，受到了种种因素的影响；而百年的现代汉诗，表意方式和精神空间也产生了巨大变化。我始终认为，诗从功能上主要不是押韵的游戏，不是抒情的宣泄，而是作为一种理想的精神语言存在。我们日益喧嚣、空洞而同质化的生活需要诗这种精神语言的拯救。我在这个意义上来看少数民族元素对于现代汉诗的意义。它为汉文化大传统塑造的汉语注入了多民族文化"小传统"元素，使板结的汉语有了新的丰富可能。

冯娜：不错，无论是少数民族语言还是汉语都是不断在生长的语言，随着时代的发展，很多词汇和话语方式会呈现出前所未有的面貌，语言无论是精进还是腐败，都跟我们生活于其中的真实世界息息相关并相互匹配。

诗人确实应该担负起建设母语及其诗性的责任，诗人勒内·夏尔在《修普诺斯散记》中写过："诗人不能在语言的平流层中长久逗留。他必须在新的泪水中盘绕，并在自身的律令中继续前行。"我想，"新的泪水"包括对时代的深刻洞察、对新的精神世界的探索；而"自身的律令"则包括对伟大母语传统的敬畏，以及对诗歌本身的不断觉悟。这意味着作为诗人不仅要关注诗歌内部的变迁和递进，更要关注外部世界对语言的建设或损毁。少数民族元素作为"大民族"文化的组成部分，这其实涉及了民族精神和民族元素如何参与构建了人类意识和人类文明的问题。另外，民族情感历史叙事如何参与、成就或对抗大的文化传统，其中碰撞出的火花，都造就了当下的现代汉语。

我曾在另一个场合谈到，中国新诗虽已逾百年，但它仍在一个处于混沌且旺盛成长的"青春期"，不同诗人从不同向度对建设汉语诗歌语言做出了不同程度的努力和探索。民族诗歌也是其中一支，"少数"通常是针对"多数"而言的，少数民族诗歌和文化传统也是针对"中心"而言的"边缘"。这种地缘上的偏远、精神上的相对独立和"偏僻"使得民族元素对汉文化而言是相对新鲜和陌生的，也许是获得新的言说方式的一种可能。但据我的观察，这种言说方式至今还没有得到足够的重视，也没有出现大的突破。

　　陈培浩：你讲得很好，民族精神如何参与构建人类意识，民族历史叙事如何参与或对抗大的文化传统，这是所有身处边缘的民族既保留自身主体性，又能参与到更大的文化交流系统必须考虑的问题。事实上，民族成为一个兼具交流性和主体性的元素，不论对于少数民族本身还是对于它所处的大民族语境，都具有重要的建设性意义。不过，在现实中，常常是大民族以某种总体性碾压过少数民族的具体性，或者是征用了少数民族的情调或外部特征。我想提到评论家颜炼军的一篇文章——《"远方"的祖国景观——论当代汉语诗歌中的少数民族文化元素》，此文以崭新视角探讨了十七年文学中少数民族景观的建构及其政治文化功能。作者认为"1949年之后，不少重要汉语诗人，都曾不同程度地借助少数民族文化以及地方文化元素来写作：一方面，文化和地域的差异性隐喻，给汉语诗歌带来了新的美学活力；另一方面，这些诗歌也满足了表达各种属于祖国的'异域'和'远方'的需要"。那个时代的战歌和恋歌在边疆的异域环境中得到完美表达："似乎只有将其背景设在边疆或少数民族地区，这样的故事和场景才具有'真实'和'浪漫'的双重性质——正如在对革命史的重构中，敌与我、压迫阶级与被压迫阶级、英雄与落后分子等脸谱化的二元对立，才能衬托革命的正确性一样。在新生的'祖国'里，得有生动的情节来使宣扬社会主义新生活抽象的口号形象化、诗意化，少数民族地区的浪漫爱情故事显然可以胜任。""被政治化了的民间语体翻译出来的'多元'作品，很大程度上成了政治抒情诗或新生国家形象的另一种隐喻，有效地生产出一套关于祖国'远方'的诗歌常识。"

站在今天的立场，那种为祖国生产一套异域和远方诗歌知识的写作是值得反思的。对汉族而言，他们并未接受少数民族语言和文化真正的异质性，从而使汉语获得更新和丰富的机会；对少数民族来说，他们也并未得到充分被倾听的文化契机。因此，建构出的祖国的远方知识，更像是一部"误解小词典"。

当然，这种情况在20世纪90年代以来的当代诗歌中得到了很大的改变。很多少数民族诗人将鲜明的民族原初性带入汉语诗歌，从而为当代汉诗带来有趣的新元素。比如扎西才让，在他获得"九月诗歌奖"评审奖的授奖词中我曾写道："扎西才让的诗举重若轻、思深神远。他的诗行走在高原，在对天地日月的冥思中抵达星星和神祇、时间和宇宙。扎西才让用诗凝视高原上的桑多河，冥思山川、河流如何化作其子民生命中的精神基因，也冥思着时间变速的河流中，人和神的相互应答。"虽然扎西才让用汉语写作，但这是一种典型的少数民族汉语，一种高海拔汉语，一种有神居住的汉语，这种典型的少数民族文化元素随着汉语与少数民族族群的相互渗透而极大丰富了当代汉诗的精神幅员。这也许是过去所没有的。

三、结语

陈培浩：我们由诗的问题出发，最后还是回到诗的问题。我想，对诗人而言，拥有多数者的身份是安全的，却又是危险的。这种危险是一种审美平庸的危险。当诗人处于绝对的重叠性多数时，他或她很难体认到世界的差异性。对少数民族诗人来说，重要的或许不是回到一种少数语言中去写作，而是珍视自身文化身份所携带的文化资源，同时找到更具主体性的审美正义立场。

冯娜：就语言而言，它最基础的功用就是沟通。在我们的日常生活中，我们要将一种语言转换成另一种语言表达的时候，需要寻找到一个"对等物"，当这个"对等物"无法精确呈现时，我们往往会面临"失语"的状态。这不是少数民族语言的问题，也不仅是汉语的问题，我认为是所有人类语种在面向更广阔的世界传播的过程中会共同面对的问题。在当代社会，语言的交互性越来越频繁，现代汉语面临的社会生态也更加复杂，不仅是面对"少数"的问题，而且是面对世界上多种表意系统和思维方式的问题。当下的诗歌写作也从不同层次展现了这种现代性、复杂性和不确定性。

回到诗人自身的问题，诗人本身就是人群中的"少数"，甚至可以说所有从事文学艺术创作的工作者都是人群中的"少数民族"，但他们要"承担起祭师和先知的使命"（索洛维约夫语），因此他们既要珍视自身的文化身份，更要有广阔的对全人类共同命运的觉察与领悟。无论是哪种意义上的"少数"都应该积极地发出自己的声音，彰显自身的价值。只有在不断融合和演进中，每一个民族、每一种文化才会真正找到自己的审美立场和在世界文化格局中的位置。

（此文为删减版）

用诗歌叩击城市之门

对话卢桢

冯娜：卢桢兄，你好，很高兴有机会和你一起来聊一聊关于城市诗歌的问题。我们都知道在当代诗歌写作和研究中，特别是新世纪以来，关于"城市文学""城市诗歌"的话题逐渐成为"显学"，有些杂志甚至开辟了"城市文学""都市文学"等名目的专栏。通常意义上，我们所说的"城市文学"是一个相对的概念，它的参照物是过去的以乡土经验为核心的传统文学。提到"城市"，似乎意味着现代、文明、进步的生活方式和生存空间；"乡村"则与"传统""过去""陈旧"的时代相连。纵观中国新诗的发展历程，我们似乎很难去界定"城市诗歌"的发生始于什么时期，也很难清晰地辨识哪些诗人是"城市诗人"，他们也不存在一个整体的写作风貌。很多诗人将城市生活作为一种题材的同时，也不断书写乡村生活的变迁。也许，这恰好也能反映出中国的城市化进程并不是一个匀速、线性、单向的过程，而是一个复杂、渐变、城乡结合新旧交织的"共同体"。在我有限的阅读视野里，城市书写首先感受到是一种空间的确认，譬如20世纪30年代留洋的青年诗人们笔下的异域城市，"现代派""九叶派"等诗人也对城市进行过书写。再后来陆忆敏、宋琳写过的上海，姚风、杨克、郑小琼笔下的南方城市，尹丽川"一下雪，北京就成了北平"，等等，这些作品都有空间确切的所指。但在中国城市诗歌中我们似乎很难凝聚出一种"城市精神"，很多城市书写往往流于一种物质世界的变迁和堆叠。我知道卢桢兄从攻读博士时期就对城市书写有长期而深刻的观察和研究，我想首先在学理上你可以适当帮助我们厘清"城市诗歌"的一些相关概念和范畴。

卢桢：好的，在我看来，无论是"城市诗人"还是"城市诗歌"，都很难进行明确的界定，也难以形成稳定的概念。在上海"城市诗"诗人群还未登场之时，从没有哪个诗人或者群体单纯地以"城市诗人"标榜自身。况且，这也容易产生某种错觉，是生长在城市的诗人，还是写城市题材的诗人？而"城市诗歌"的概念则更为复杂，它首先来源于一种题材上的定义，即对都市风貌、都市生活的文本反映。不过，如果单纯以题材范畴作为城市诗歌的划分标准，便容易陷入简单的定性分解之中，从而忽视这些文本对时代语言和诗学的建构作用。基于此，我更愿意以"城市抒写"这一行为概念取代"城市诗歌""都市诗"之类的文本概念，以便在"民族国家"的视野外围寻找更为具体、微观并且生动的分析单位。

在概念上，我以新诗中的"城市抒写"来概指具有"城市诗"特质的这类文本。"城市抒写"是具有社会象征意义的文学行为，是现代化历史进程的文本转喻，同时参与构成了新诗特别是现代主义诗歌的美学基础和伦理来源。这一"抒写"本身势必要在器物层与人性层两个向度上，将城市进行主题化或实体化的诗学处理，以呈现其风貌与人情。其器物层向度主要体现在诗人对城市物质符号的变形抒写和心灵加工，而探寻都市"人"的概念和精神则是它向纵深发展的标志，亦是新诗城市抒写的核心内容。一方面，我们所涉猎的文本大都以都市场景作为抒情主体情感发生的空间，以都市人的现代意绪和生活经验作为主要关注对象，并引申出物欲、身体、孤独等稳定的心灵主题；另一方面，诗人自身的主体性同样会因城市生活的影响浮现于文本，并不断展开多变性、多元性与新颖性的想象空间。

有一种看法认为，由"现代派"到"九叶派"，由朦胧诗到后朦胧诗，代表着新诗发展的两个高潮，由此推衍，作为新诗重要美学构成的城市文本也应与新诗的演进过程基本一致。"诗"与"城"的互动联系在"现代派"和"九叶派"诗人那里第一次得以密集呈现。前者以融汇城市人文理念与传统文化精神的实验姿态，深入语词探秘城市人个体心理的微观差异；后者则直面都市现实，睿智揭示现代官僚体制和技术工具理性对人造成的种种"异化"，其文本数量虽少，哲理内涵却尤为深厚。进入新时期以来，朦胧诗所承担的启蒙主题可以通过诗人演绎"城市梦"的方式化梦为真，而后朦胧诗人对城市繁华声色既投入又暧昧的复杂心态，又能在其对日常性的城市生活之拆解与重构中觅得踪迹。可以说，新诗始终没有忽视"城市"这一重要的文本资源，正如布雷德伯里所说："城市的吸引力和排斥力为文学提供了深刻的主题和观点：在文学中，城市与其说是一个地点，不如说是一种隐喻。"

冯娜："城市是一种隐喻"，我觉得在诗歌书写中特别贴切。诗人和作家总是带着"生活在别处"的心情来打量自己身处的地理空间，很多身处城市的诗人的作品会表露出对过往乡土生活的无限怀念，对自然事物消逝的感伤，这类作品中弥漫着一种"恋地情结"。这样的书写我想首先包含着个体的生活方式的改变——很多诗人的童年在乡村度过，"我有过寂寞的乡村生活，它形成了我生活中温柔的部分"（韩东），也包含着一种历史进程中的"适应"和"不适应"。我们也可以看到很多诗人对城市的书写并不那么美好，他们对"城市丛林"的审视源于内心田园梦的消逝，取而代之的是机械性、工具性的生产和流水线一般的城市生活。过去的美好记忆在消散，诗人们的"乡愁"更浓烈了，城市成为一种时空参照。但是，我们也必须看到，诗人笔下的乡土已经远不是今天城市化进程中的乡村，只不过自己内心的一个"幻影"罢了；城市也并不完全是"非诗性"的存在，对此卢桢兄怎么看？

卢桢：在今天的诗歌抒写中，我们往往能够看到一系列带有"反城市"倾向的诗歌，基于对城市不良风气、环境污染等负面因素的抵触，诗人乐于在现实之外建构一个"遥远"的田园世界，或者说"都市中的乡土"，以使心灵有所依附，这大概就是一些诗人说的心灵在都市之外写诗吧。如你所说的，这种乡土的确是一种"幻影"，它是精神上的存在。

我记得吴思敬先生曾说过：新诗从诞生以来便一直以城市作为重要的吟咏对象，城市化的视野所观照的不仅是城市，同时也包括农村。从现代化角度言之，城市之"动"（创新）优于乡村之"静"（保守），但一些诗人却始终无法在精神上融入城市，这触发他们要通过诗歌修复与故土经验的心理联系，赓续承传古典诗学的自然母题，在混凝土丛林中寻觅田园故梦，以乡土的静谧稳定中和都市的炫惑动感，消解城市速度施加给现代主体的精神压力，从而彰显出"城乡复合型"的心理特质。

时至今日，城市化进程的加剧促使现实中的"乡土/田园"空间日益萎缩，但它所承载的诗性结构却始终潜隐在诗人的思想意识之中，成为他们想象"理想城市"的话语资源。诗人以从城市文化中获得的现代感来抒写乡村，将乡村化为与城市经验相对照的理想境界，以承载城市生活中难以捕捉到的情感信息。城市与田园（或者说城市之外的时空）不再是简单的二元对立关系，这个"田园"的存在完全依赖于诗人对城市超速发展的各种不适，或者说就是一个治疗"城市病"的"处方"大集合。亦即说，有哪种城市病，就会有与之相匹配的田园精神疗治。因此，任何"反城市化"乃至反"现代化"依然是"城市化"的特殊支脉，表面上的不及物其实恰恰缘于抒情者对所及之"物"的种种不满与不适应。诗人已经没有现实的田园、乡土空间借以逃避，他只能接受城市生活的现实，并在这个现实的基础上拟化超验的感觉空间。"诗歌中的乡土"由此构建出从"城市之外"回望城市的情感模式，它是诗人将现实背景化、意象化之后的一种审美期待，指向人性的纯粹、生命的健康与审美的和谐。今天，诗人可以没有真实的乡土生活经验，却仍能借助对田园文化的诗性想象，弥合城市物质生态对自我心灵造成的精神裂隙，以复归心态之平衡。因此，我觉得即使是"幻影"，也有它的价值。

冯娜：我记得多年前有个小说家曾问过我一个问题，你长期生活在广州是怎样写诗的呢？你觉得城市里有诗意吗？也许在很多人看来城市生活是很难获得诗意的。高楼大厦，车水马龙，人群熙熙攘攘，如果每天在"996"的时间轴上滚动，人们就像一个设定好的程序，很难静下心来凝思和感受诗意。就我个人的创作经历而言，我恰好是从成年后在都市念书、工作后写下了大量的诗歌。我认为很多人对"诗意"以及"诗意的光临"存在着一些误解，仿佛诗歌总与远方有关，认为人必须处在浪漫的情致和陌生的风景中才有诗意光临。然而，现代诗意却有可能诞生于时时刻刻、彼处和此在；就像庞德笔下的地下铁"人群中，这些面孔幽灵一般显现/湿漉漉的黑色枝条上的花瓣点点"。从这个角度而言，我觉得中国诗人对城市中的诗意发掘是不够的，你觉得呢？

卢桢：的确是这样，在钢筋铁骨的城市面前，我们每个人面临的大概都是同质化的风景，一样的高楼，一样的地铁车厢，一样的办公室布局，一样的便利店和连锁超市……趋同的城市体验和物质符号带来的威压感，使很多人对城市是否具有诗性产生了怀疑。不过，布雷德伯里倒是有这样的论述，他认为城市恰恰是启发诗人产生现代意识的源泉，无论是波德莱尔还是艾略特、惠特曼……城市诗的标准应与是否表达出新奇的个体意识有关。可以说，中国的时代语境使得诗歌写作与消费文化之间呈现出难以割舍的共谋姿态，并鼓励着诗人显扬个性。对诗人而言，一方是注重内在精神提升的诗歌内现场，另一方是充满诱惑之力的城市外现场，如何在两者的夹缝之间寻求平衡，用诗歌语言表达个体意识、彰显时代精神、沉淀文学经验，成为城市抛给每个诗人的命题。在大部分诗人看来，传统美学所期待的哲理与沉思、英雄与救赎等古典主题已不再拥有绝对的话语优势，他们更倾向于切合消费时代的文化语境，选择一种由欲望所驱使、以狂欢为表现的写作方式。因此，诗人对城市审美对象的加工、对审美主题的营造便打上了鲜明的消费文化印记，而物欲、身体和孤独这三个内部逻辑紧密的主题则浮出地表，成为诸多抒情者投射情感的审美聚焦，并与西方城市诗学形成对话与交流。

身处新时代的城市现场，如何以一种更为洒脱的姿态进入城市语境，与消费时代的审美风尚并驾齐驱，已成为城市文化形态向所有诗人提出的问题。城市的审美风尚已经完成了由启蒙模式向消费模式的转变，它成为影响当代诗歌诗意生成的重要理论背景和思想策源地。无论对城市接受与否，它都已经成为影响当代诗歌诗意形成的、无法规避的理论背景和思想策源地。身处消费时代，一切带有专制与禁欲色彩的理想型观念仿佛都被消解了，一种以物质催生精神的文明范式得以确立，并将言说者锁定在"物"的周围。在这种情形下，"及物"就成为诸多诗人必须考虑的审美策略。如果说以往的诗人还在对"物"以及"物欲"进行批驳的话，那么今天的诗人更应以"浪漫"的精神和"诗歌"的方式，将其诗化成为富含深厚消费文化背景的意象资源，探讨其多元的存在形态。正如杨克的《在物质的洪水中努力接近诗歌》，诗题本身便说明问题：物质的洪水永远无法退去，这是诗人要面临的现实，与其批判洪水的暴力，不如学会游泳的技巧，以轻松的心态畅游其中。

总之我想，都市的动态世界与炫目文明所带来的精神惶惑感，使很多诗人已经深刻意识到，在找出潜藏在他们心中的诗神与美神之前，首先亟待确立的是现代主体的独立精神形象。只有这样，他们才能超脱出庸众的审美惯性，进入城市的背面把握美之奥义，凸显缪斯所赋予的诗灵。如今很多批评者也都注意到，在文本操作上，很多诗人普遍注重情感的表现力，扬弃了古典诗歌以及传统自由诗过于直叙的情感生成原则。他们依靠其知性智慧和文体意识的自觉，最大限度地调动着城市意象符号的象征魅力，采用超现实的手法营造丰富的暗示效果，使文体洋溢着"前卫"与"创新"之美。我一直有一个观点，可能不够成熟，但还是想表述出来，就是说诗人对"城市诗学"的诗美运思，或可成为中国新诗现代化的首要表现和重要途径。

冯娜：你说到的"及物"问题，我觉得在当下已经非常凸显，"物"或者说"物象"的变迁和迭代影响着我们生活的方方面面，而诗人要怎样找到属于自己的物象和"象征物"成为一个难题。我一直认为，同一时代人的审美都是有"时差"的，有的还停留在过去时代那种格言体的诗歌审美中，有的诗人具有超越时代的意识和实践，有一些拉拉杂杂还处在"城乡接合部"的混乱中。如何建立"城市诗学"，我想首先是如何认识城市的问题，卢桢兄对此应该有很深入的研究。

卢桢：城市文化形态已然成为人类生存的理论背景，其根基越发稳固，诗人可以选择远离城市而居，但难以完全规避城市文化对其内在精神和文化现场的渗透。城市正如"父亲一般"（伊甸《城市，我们别无选择》），给予并塑造着新一代人的命运。对于城市，他们大都不再秉持预设的排斥立场，试图跨越人与都市之间仿若对峙的历史鸿沟，以主动接纳进而读解城市的胸怀，将其视为现实必须面对的物态风景，这在一定程度上缓解了长久蕴含于城市文本中的"对抗"意识。具体而言，诗人的情感态度更为轻松开放，他们在多重维度上编织与城市的"对话"联系，尝试建立更适应开放语境的心灵结构和知觉形态，与一个城市前世今生的文化细节展开对话。

一些诗人意识到：城市不再是与主体相对立的客体认识物，而是和自身精神共生的主体感受物，阅读城市，便是诠释自我，而"城市"便也成为与抒情者形影不离的"朋友"。当城与人曾经对峙的紧张关系松缓之后，诗人的心态越发轻松，很多写作者怀着怡情悦性的心态，甚至大胆地调侃"城市"，将外在经验局部化、内敛化。如路也的《一分钟》、安琪的《手机》、祁国的《打电话》等文本，都通过抒写自我在城市时空瞬时而发的当下性经验，用荒诞主义的美学为一个个生活细节赋予诗情，探究城与人之间种种复杂多变的支脉联系，从而在与生活的主动"对话"中觅得诗情表达的全新路径，为我们解读城市、认识自我提供了具有操作性的角度与方法。

冯娜：在这些诗人的书写中，我们也可以看到每个个体的城市经验是不同的，就像北京的安琪等诗人编选过《北漂诗选》，广东的黄礼孩编选过《出生地》《异乡人》等，诗选中很多诗人从中国的各个地区"北漂"或"南迁"，他们的城市经验纷繁复杂。20世纪末，轰轰烈烈的"打工诗歌"就极好地印证着中国南方城市改革开放浪潮中中国人口大量南迁、工业化进程加速的历史时段。诗歌或者文学可以说是富有情感和个性的"个人史"，同时也是在时代浪潮中的个人化历史想象。城市其实是现当代最具艺术张力的场域，怀揣着不同愿景的移民、旅行者、"新城市人（移民二代、三代）"都在城市聚合，他们的故事本身就是一部波澜壮阔的史诗。在今天，如何表达真正的城市经验，将自身的生命体验与现代诗歌精神融为一体，我觉得是对诗人的历练，也是诗人的使命。

卢桢：一般来说，同时将城市与乡土经验融入诗歌具有两种维度，一部分人采取将城市文化视作主体的宏观视角，将"乡土"归结为"另类"的城市体验；还有一部分抒情者（如诸多打工诗人）始终无法摒弃现代诗人那种"由乡入城"的启蒙经验，对待城市文化，他们依然投射出"他者"的眼光，"走在城市和乡村的线上"（谢湘南语）正是他们的文化处境。显然，"打工诗歌"属于城市抒写的范畴，其诗人的审美取向大都围绕两方面展开，一是对城市的不适应并由此衍发的对城市之"恶"的传统批判，展开对地理故乡的怀恋。二是通过对自身底层位置与身份的辨认，表达出一种对自我价值的质疑或确认，反映出维护自我尊严、追求平等公正和自我价值认同的主体意识。可见，"打工诗歌"是城市话语的特殊表达方式，并从一个独特方面确证了城市大语境的真实。不过，单纯以"乡村"意味着"传统"，以"都市"意味着"现代"，都已因乡村整体纳入城市广义的审美标准，从而容易显得过时。

打工诗歌多表现出一种对城市的不适应，或者说，他们离开乡村，进入城市，却发现自己无法被城市所接纳，而当他们转过身来，再次打量乡土世界时，却发现随着城市化进程的推进，现实的乡土也跟记忆中的乡土大相径庭了。这样一来，这些人仿佛成为夹在"城市"与"乡村"之间的中间物，很难与本雅明说的那种"人群中的人"建立勾连。实际上，这种处境和移民文学中那种精神主体难以融入海外世界，又无法真正返回故国原乡很相似。远离都市，投身乡土，做现代社会的精神隐逸者，其实不太容易，或者说不可能实现。

我还是认为，面对城市时，应当有一种自我疏离的意识，应该懂得如何在人群的普遍物质经验中寻觅到属于自我的心灵速度，主动成为"人群中的人"，或者说是精神漫游者。为此，我注意到很多诗人不约而同地选择了一种"减速的诗学"，可谓疏解城市话语压力的良策。我早年读于坚《便条集·149》时，看到他直接以当代城市的"速度"文化为突破口诉说对"速度"暴力的反感。他坦然直陈"恨透了汽车"，因为"它强迫我闻强迫我听/它强迫我给它让路"。工具理性的盛行使私人空间与公共空间的速度感逐渐趋同，它将都市人的观察力限制在统一的速度时空中，不断训练着人类的感觉器官，使他们在享受速度便利的同时，逐渐丧失自我的心灵节奏，难以抵达内在性的言语。相较于普通民众，诗人能够更敏锐地捕捉到"提速"的快感，也能意识到深藏其中的权力运作。如于坚所认识到的，他不再崇拜现代交通符号的"速度"之美，而是想从常规的汽车世界中跳脱出来，拒绝被习焉不察的城市主流速度对象化，恢复自由选择观察目标的能力。因此，抒情者唯一能够自主选择的，便是主动降速之后"憋住呼吸的步行"。可以留意近几年的诗歌作品，很多抒情主人公都是减速、降速的实践者，抒情主人公不甘心沉溺于不知所终的奔跑，他尝试做出减速、退缩甚至骤然停下的动作，以慢速的感觉改变城市速度强加于身体的暴力。降速之后的观察者能够在都市人"时间—心理"的普遍感觉结构（如趋同的速度感和时间意识）之外，开启更多个人化的异质体验，从而摆脱群体经验的束缚，深入观察那些无法被技术文明知识化和客观化的细枝末节。这反而让我想起了旅行的意义，旅行在于发现细节、发现新奇，体验团队旅行者不一样的感受，那么也只有像徒步的背包客那样，在步行的过程中，才更容易发现乘坐高速列车，或是跟随团队看不到的风景，这是属于诗歌的景观，也是诗人生命的鲜活印记。

冯娜：你说到近年诗歌作品的一些倾向，我也留意到当下一些诗人在城市生活中做出了一些重要的尝试。比如我们会在地铁、公交车上看到诗歌的身影，还会在城市的公共空间，譬如公园、博物馆、图书馆等场所看到诗歌与当代艺术的互动和整合，形成一道道城市景观。诗歌的传播在当下不仅是文字和声音的传递，更是多媒体的"发声装置"，由于城市中传播媒介的丰富性，诗歌与城市的交互变得越来越频繁。我们随时随地会听到、看到诗歌；还有一些商业机构会专门邀请诗人"定制"诗歌，以达到文学化的宣传效果。从传播的角度而言，诗歌的传播已然"城市化"了，但城市诗歌的文本积累也许尚须努力。我知道卢桢兄游历过世界上很多城市，还写过《旅游中的文学课》，我想你一定感受过很多城市与文学交融的气质，是否可以给我们分享一二？

卢桢：好的，世界中的游历确实能给人很多启发，在观看异域风景时，我发现世界上很多地方都在有机开展着城市文化和诗歌之间的互动。比如2017年，我在伦敦国王十字车站的一家书店偶然发现一本企鹅出版社的英文版《伦敦地铁诗选》。诗集中根据不同主题，收录了可以在地铁上阅读的短篇诗歌。利用地铁这一城市交通工具提供的空间场景，配合相对应阅读的诗歌，可谓城市文化和阅读文化的互文。后来得知英国早在20世纪80年代就已经开展过诗歌与地铁的互动，主要是以在地铁车厢、车站内定期张贴诗歌的方式，在城市的地下空间内部传播来自世界各地的声音。像中国的古典诗歌，包括鲁迅先生的诗歌，都在伦敦的地铁里被乘客诵读过。作为城市公共空间，地铁具有人员流动性大和体验时间短的特点，在有限的时间内，让人和诗歌建立视觉联系，实际上是城市和诗歌互动的一个不错的方案。后来这种在地铁里读诗的方式，也在中国的各大城市展开，比如广州、上海、南京等地的地铁车厢和地铁站里。车门，甚至扶手上都张贴着双语版的世界诗人名作。借助地铁车厢，"诗歌无国界"的观念得以显扬。

类似的城市与诗歌的互动，令我印象比较深刻的，还有自己在荷兰莱顿大学访学期间，看到莱顿城内有上百座建筑上都涂绘了诗歌的文字，而且都是该国当地的语言。后来查了资料，才知道这里的文化部门在全世界动听的诗歌中选出了101

首，刷在莱顿大街小巷的墙壁上，成为著名的"101诗墙"。所谓诗歌之城，不过如此吧。在Buizerdhorst 22号楼，可以看到杜甫的诗歌，给人一种时空穿越的感觉。以诗歌作为当地的文化地标，虽然是"刻意为之"，但从效果上说，一来世界经典诗歌名句得到了普及，二来也切实提升了诗歌与城市的互动效果，整体上看作用是积极有效的，值得我们借鉴和思考。实际上，诗歌和城市的互动，关键在于如何使纸面的文本获得听觉、视觉领域再现的机会，得到立体的、综合的呈现，这里面不仅需要城市管理者、策划师的努力，也需要诗人为之贡献智慧。

冯娜：你所举的例子都让人感到诗意和美好，也让我想起了蒙马特高地上的"爱墙"，来自世界各地的人们用300多种语言在上面书写着"我爱你"。我曾经为之写过一首诗，"从生涩的语法中得到爱/比起砌一面爱墙，更加艰辛"。无论何种语言、何种表现形式，某种程度上诗歌就是人们对至善至美的追寻，纵使艰辛，我想也是值得的。和卢桢兄谈话总是受益匪浅，谢谢你。

植物现代性、主题性写作及其他

对话冯雷

冯雷：冯娜你好啊，春回大地，万物葳蕤，咱们就借机来聊聊"植物"的话题吧，当然这个想法不光是因为时令季节，还因为"植物""风景"这样的话题近来似乎也引起了小小的关注和讨论。咱们还是先从你的创作谈起吧，你的诗歌中也多次写到各种各样的植物，比如《松果》《杏树》《宫粉紫荆》《苔藓》《风吹银杏》《橙子》，简直不可胜数，而且你对植物的书写也非常引人关注，有的研究者曾评价用"精神性植物视域"来加以概括，认为植物是跟你"整个的生命态度连在一起"的。你为何会注意到植物，和你的个人经历之间有什么关系吗？你对植物是否抱有什么特殊的情感和寄托，有没有什么特别钟情的植物？请先说说自己的情况吧。

冯娜：冯雷兄你好，在我所生活的岭南，此刻已有初夏的气息，这也让我感到古人以"物候"观测的方法来认识时间和季节转变，是非常智慧的。植物，可以说是人类的"近亲"，是大自然的信使，我想这个世界上还没有哪位诗人不喜欢植物吧（植物过敏症除外）；在众多诗歌书写中植物的身影比比皆是。你提到的我所写的植物，其实也涉及了一个地域性的问题，譬如我写到的松果、龙胆草、山茶花等植物明显带有高原的物候特征；而宫粉紫荆、橘子、勒杜鹃等植物是岭南常见植物；银杏、苹果树、桃李等在北方广泛生长。所以，人们认识植物首先是认识一种地理特质，当然这些植物就像我们生命旅程中的过客或与我们有故事的人。自《诗经》以来的中国文学传统中植物就不仅是简单的物象，而是寄寓了人类情感、情操的对象。我们今天看到桃花会想到"宜室宜家"，会想到"桃花依旧笑春风"，都是植物文化的积淀在起作用。人类与植物的故事说也说不完，这也给我们创造了无数空间。在今天，我们认识植物的方式更多了，我们可以像博物学家一样，通过互联网技术迅速了解一种植物的生物特征，也会看到很多博物学著作翻译到中国，比如《玫瑰圣经》《花神的女儿》《被遗忘的植物》《森林之花》等等，它们完全是以植物为主体的写作，也为我们打开了很多认识植物的新视界。

冯雷：诗歌中的植物书写其实古已有之。在我看来，植物进入诗歌，也可以看作是现代性的一种体现，或者干脆概括为"植物现代性"。刚才你也谈到了《诗经》，据我所知，你对《诗经》尤其是《诗经》中的植物也很有研究。你觉得，古人对今人有何影响？今人对古人有何超越？

冯娜：你提到"植物现代性"，我关注到有一些批评家提出"植物诗学"（譬如王凌云），将诗歌中的植物书写作为研究主体。植物进入诗歌古来有之，从《诗经》时代"多识于鸟兽草木之名"到今天的"植物现代性"，其实包含的是人如何看待物的问题。作为"客体"的植物，很多都是这颗星球上的

"活化石"，它们的生命比人类历史久远得多，从人类开始书写它们开始，历经几千年，除了少数灭绝的种类，很多植物依旧在地球上生机勃勃。当然，它们的名字随着时代而更迭，比如，在《诗经》中"舜华"是我们今天所看到的明媚的木槿花，"芣苢"是常见的车前子，"蝱"则指浙贝母……在这些植物名字的变迁中我们也可以窥见语言的变革，也可以体会到古人、今人在用什么样的心情和认知方式观照这些植物。我对古代典籍中的植物也谈不上研究，就是一种兴趣式的"按图索骥"。我出版过两本随笔小书——《颜如舜华——〈诗经〉植物记》《唯有梅花似故人——宋词植物记》，是以植物视角进入《诗经》和宋词的世界，去领略古人如何在天地山川植物中行走，又是将怎样的情思寄寓于植物。在很多研究者那里，比如你提到的"植物现代性"，更多的是通过现代视野把植物作为一种文学方法和参照；而在诗人和作家笔下，植物是与人类"共生"的一种生命载体，是人类与自然交互的一种"灵媒"。由此，我也想到生物学博士、华大基因CEO尹烨曾说过，生命具有"亲生命性"，就是我们看到活的东西就会高兴，因为看到活物，意味着我们也活着；生命也具有"亲自然性"，我们说喜欢自然，其实说的是我们喜欢的是生机盎然、活泼泼的自然界。某种程度上，文学也是人类感知生命、通过与鲜活世界的连接、通过外界生命气息确认自我存在的一种方式。我们看到在很多文学作品中，田园牧歌式的，作为风景、背景存在的自然比比皆是；带着"人类中心主义滤镜"的生态观察不胜枚举。但是，人类身处的真实环境并不完全是生机盎然、人与自然和谐共生的状况，特别是在工业文明、商业文明施洗过的现代社会，我们要看到我们所处时代的自然和生态是复杂的、多维的，充满了不确定性。

如果要比较今人和古人对植物的凝视和书写有何不同，我想最重要的是随着时代的演进，植物与人类生活的交互方式极大地改变了。譬如，今天城市中的人要观察植物，需要走进植物园或者到郊外、旷野中去，这和农耕时代"于以采蘋，南涧之滨"这样的生活方式有了天壤之别。植物在古人那里是粮食、蔬菜、药物，是良木莠草，更是重要的物候，用以判断时令和节气。而在现代人这里，植物的功用性得到极大的拓展，我们对植物的认知方式也发生了很大的变化，植物学、博物学的兴起也让我们可以从微观的科学角度来理解植物。但事实上，现代社会的人与植物之间的关联已经不那么密切了，很多人已经不再可能生活在植物的环抱中。由于人工技术的介入，植物的"应季性"也不再明显，我们在冬天也能吃到大棚种植的"反季节"蔬菜水果，过去生长在深山老林的菌类或珍稀植物，我们现在都能在都市中见到。这种"物"的迁徙和变化不可能不影响人们对这些"物"的感知和情感连接，今天的人看到桃花都是种植在公园或道旁，很难体会"人间四月芳菲尽，山寺桃花始盛开"。人与自然、与植物的故事又该在城市中如何续写？最近几年开始提倡的"生态文学""自然诗歌"等，我想也是一种回应。而植物这种物象，它所凝聚的诗人的意象，向来都是我们努力寻找的心灵的"对等物"。

冯雷：你提到了"植物诗学"，其实在植物书写方面有特色的诗人不少，张二棍、宋晓杰、李元胜、沈苇等等，这个名单可以开列很长。去年，臧棣的《诗歌植物学》获得鲁迅文学奖，这无疑使得诗歌中的植物更加显眼了，同时或许也为当代诗歌在题材和方法方面提供了启示。你怎么看？

冯娜：无论是生活中还是写作中，我知道很多诗人对植物很有兴趣，并有很多诗人对植物有深入的研究。比如诗人李元胜，同时是一位生态摄影家；诗人沈苇写过很多西域植物；诗人路也写过古代诗人与植物；等等。植物是诗人最容易撷取的自然界中最生动、活泼的意象，也是人格、情志的上佳载体。格物致知，中国诗歌传统中就是如此，当代的诗人又将植物书写发展出更具现代意义和现代风格的气象。说到植物作为一种题材进入诗歌，诗歌主题的整饬对诗人而言，是创作整体结构性的统筹。很多诗人在实践中也表现出来这种独特的诗学追求和美学建构。臧棣的文本确实是一个较为独特的样本，他的写作很早就呈现出一种题材遴选的自觉与筹谋；他的植物诗、动物诗，诗题"入门""丛书"系列都体现了他对于自我诗学的整体性建构。

从另一个角度来看，在宏大叙事式微、日常生活与私人写作凸显的当代写作中，"写什么"这一命题又再次成为诗人关切的问题。写植物，是一种探索，传统诗歌中的植物书写和植物意象已经有着悠久的积淀，如何超越和突破其实是对当下诗人的挑战。但是，我们也要意识到碎片式、零散的单篇写作，不足以支撑一个优秀诗人对世界、时代和自我的心灵世界做出整体性的观察和描述，寻找主题依然是作家或诗人的核心命题。在这个问题上，前几年获得诺奖的诗人露易丝·格丽克倒是给了我一个很大的启发，她将个体的生命体验，融入西方文化的框架，每一首诗并非单独排布的独立诗篇，而是一个有内在关联和延伸性的整体，由此也可以看到一个诗人对世界的观察和理解所具备的那种稳定性和系统意识。对了，格丽克也写过很多植物，野鸢尾、延龄草、宝盖草等等。所以植物题材不是哪位诗人的"发明"或"独创"，而是植物在每个诗人那里都有不同的精神投射和心灵映照。不论是选择植物还是选择某个主题，能够对自我创作进行一个整体性的审视我认为这是当下创作者最需要关注的问题之一，"怎么写""为何而写"都将围绕这个问题而展开。

冯雷：植物等自然意象在诗歌当中烘托了抒情氛围，但显然又不只是作为抒情的背景那么简单。这个道理我觉得可以从小说中来借鉴。比如奥尔罕·帕慕克曾经说过："景观的布局是为了反映画中人物的思想、情绪和感知的。""小说里的景观是小说主人公内心状态的延伸和组成部分"——中国小说家很多也深谙此道。我注意到王干曾写过一篇文章《为何现在的小说难见风景描写》，王干的看法引起了一些研究者的共鸣，王春林、颜水生等做了跟进讨论。不过我觉得有意思的是，王干是汪曾祺研究的专家，而汪曾祺曾在《说短》中明确认为"描写过多"是小说的一大弊病，他认为"屠格涅夫的风景描写、巴尔扎克的刻画人物均不足取"。我知道你其实也写过小说，对此你怎么看？

冯娜：我知道很多老师在上课的时候会讲风景、风物，包括植物等自然意象的书写是环境描写的一部分，用以烘托故事背景和范围等。但是难道我们没有在描写风物景致的优秀文学作品中单纯体验到自然之美吗？沈从文的湘西、阿来的藏地、汪曾祺的人间草木、李娟的阿勒泰……我想如果当代小说中风景描写的"消失"恰好对应的是人们故事发生的现场离自然风景已经遥远，发生在"格子间"、高楼大厦、工地路桥的故事必然是现代景观的描写。当然，单纯从小说的技术而言，风景描写肯定不能大量铺排以至于淹没故事主体，任何一种题材都需要"恰到好处"的魅力，我想您所说的是一个写作中"度"的把握问题。我们也可以看到张九龄的《感遇》（其一），"兰叶春葳蕤，桂华秋皎洁"，通篇都在写植物、风景，但无一句不在讲人心和情志。又比如阿来在小说《蘑菇圈》里写了很多山地长蘑菇的景致，实际上也在写人和山林之间的情愫。我想，现代城市生活与自然风景之间的关系无须赘言，但人们的写作主题似乎更"精细"了；我们会看到大量分门别类的知识型书籍、类型化文艺作品涌现。说到这个，我联想到另一个话题。近年来由于互联网使文学的传播方式发生了巨变，我们见证了"类型文学"的蓬勃兴起。白烨等学者认为类型文学是从网络到市场逐渐流行起来的，类型文学一般而言题材相近、受众群体相对固定。毋庸置疑，"类型文学"产生的基础是互联网带来的大众传播革命，受众需求直接影响到创作者的创作影响，从而细分市场。小说这一题材首先置身于这样的场域中，我们熟悉的科幻小说、穿越小说、悬疑小说、职场小说等门类越分越细，"越来越泛化、多样化"（白烨语）。你提到的关于植物、动物等书写的话题和研究，我认为跟这种题材的"细分"的趋势是密不可分的。但回过头来，我们会发现，这种来自受众和市场冲击而形成的文学泛化和多样化，并未过多地影响到诗歌写作。一是因为诗歌本身属于小众艺术，不具备大众通俗阅读和传播的要素（譬如缺乏故事和情节、影视化的空间较小等）；二是诗歌直接介入市场和商业运作的可能性远低于小说这种题材，使得诗歌一直处于大众传播的"低音区"。另一角度而言，也正是这种外部的喧嚣和推力往往并不切身"摩擦"诗歌，使得诗歌的发展遵循着自身内在的节律。就像我书写植物，在诗歌中我还没有像诗人臧棣那样把"植物"作为一种类型或系列的题材，可能就是自幼喜爱植物、经常与植物互动的性情使然。

冯雷：确实，或许是得益于科幻小说的强势崛起，这些年"类型文学"讨论越来越引起人们的兴趣，就像你提到的一些研究者指出小说创作"越来越泛化、多样化"，相较于小说创作中"分化"出了科幻、穿越、悬疑、职场、校园小说，有的人认为诗歌创作中没有出现类似的变化，乍看来也有一定道理。但正如我们前面所讨论的，植物书写尤其是臧棣的《诗歌植物学》获得鲁奖给人以非常鲜明的印象，那你觉得类似"植物书写"可不可以算是某种类型化的诗歌写作呢？

冯娜："植物书写"只算是"主题性"书写，还不能称之为"类型化"的诗歌写作吧？从类型文学的发展历程，我们或可看出主题的选择与创作、阅读、传播接受的关系非常密切。一个有意思的情形是，类型文学似乎率先让创作者解决了"写什么"的问题，也就是他们对主题的选择是明确的，他们早早理清了某类写作主题的创作理念和基本模式。至于"怎么写"，写得怎么样，类型文学的评价标准也几乎脱离了传统文学的审美范式，直接面对受众的选择和市场的反馈。但就当代诗歌创作而言，创作者不可能认同同一套主题方法、基本模式以及相似的题材和艺术手段。学者吴承学曾在《论古诗制题制序史》中对中国古诗制题做了全面而精要的论述。他从"中国古代诗歌题目制作史"这个角度探讨了"创作意识的进化以及古代诗歌艺术的发展"，中国古代诗歌经过从无题到有题，诗题从简单到复杂，由质朴到讲求艺术性的演变历程，探讨了中国古体诗歌题目与写作之间的关系。对诗歌制题之"类"的考察，其实也是一种对诗歌内容的关切。如吴承学先生所说，诗题"积淀着审美历史感的艺术形态，从中既可以考察诗人创作观念的进化，也可以考察中国古代诗歌艺术风貌的历史演变"。近百年来，在现代诗歌的发展史中，我们可以看到诗人们创作观念、艺术风貌、主题选择的嬗变。某种程度上，诗人们创作主题的选择更加宽泛和扩容了；但就艺术创造性而言，新颖而纷繁复杂的主题涌现未必对应着更具活力和创造力的表达；而且对于前人已经涉足过的主题，要进行再创作的难度是上升的。

我们之前所说的主题先行的引导式写作固然有建构一个整体大视野的意义，但主题性创作往往僭越了诗意的偶发性和诗人的经验世界。就创作者个体而言，创作主题的选择首先源于对题材的理解和掌握程度，再结合自身的创作兴趣、学识积累和创作理念和雄心。当然，我们也会看到外部因素对创作者、对主题选择所施加的影响。比如，在《西南联大现代诗钞》中，我们不仅看到卞之琳、冯至、燕卜荪、穆旦、王佐良、杜运燮、郑敏等诗人的诗篇，不仅是个人生命体验和诗学意识的求索，也是那个战火纷飞的时代，民族危难之际，知识分子们历经屈辱的南渡、西迁中一种公共经验的集体呈现。历史将时代的主题坦陈于诗人眼前，时代的语境如战火的烈焰灼烧着诗人们的内心，写还是不写，这已然不是问题。另外一种对创作者主题选择的外部影响则来自文学制度的倾向性和引导，在现当代诗歌中这样的例子很常见，最近几年，我们可以看到很多主题性的诗写，比如脱贫攻坚主题的诗集《花鹿坪笔记》（王单单）、《春天的路线图》（赵之奎），当代军旅主题诗集《岁月青铜》（刘笑伟），展现改革开放成就的相关诗集《蓝光》（王学芯）、《新工业叙事》（龙小龙）等。冯雷兄对中国现代诗歌也是一直持续阅读，我想你目之所及，应该有更多的发现。

冯雷：确实，"主题""题材"不失为观察这些年诗歌创作的一个角度，远的比如说21世纪初的"底层经验"写作，近的比如说前些年的"脱贫攻坚"诗歌。而且就我自己的阅读感受来说，其中不乏可圈可点之作。另外还有一些"行业诗"，比如"快递诗""高铁诗""石油勘探诗""新工业诗"等等，这些实际上拓展了"主流"诗歌的题材范围。当然还有一点，我觉得这些作品可能很难说是"主题先行"的，就像你所说的，是"对题材的理解和掌握程度，再结合自身的创作兴趣、学识积累和创作理念和雄心"。所以这或许倒启示我们，大可不必挖空心思地去找题材、找主题，其实有诗意的题材、主题就像不知名的植物一样散落在日常生活里。谢谢冯娜耐心的解答，你的回答信息量很大，很具有启示性。再次感谢！

冯娜：说到底，写作还是一个人的孤旅，至于怎样认知世界、发掘题材，建构自己的诗学空间，还是需要一个诗人在实践中去探索和创造。不唯此次，与你的对话我也总是有很多收获，谢谢你。

知识、经验与人工智能

——由Chat GPT引发的讨论
对话唐诗人

一、Chat GPT与文学技艺

唐诗人：最近Chat GPT很火，有人测试让其写诗，比如假装杜甫为成都写一首诗，Chat GPT写了一首"重阳"诗，我摘前面两句："重阳节，成都繁华，锦绣城市，灯火通明。/城中人来往，赏菊花红，饮酒唱歌，欢度佳节。"看完之后，我们肯定都会会心一笑，朋友圈也诸多人笑说不用担心这时髦玩意儿会来抢文学职业人士的饭碗。我看这些的时候，当然也觉得好玩儿，但再看Chat GPT的解释："作为一个AI，我的诗歌内容只是根据我的数据库和设定的模型进行生成，并不具有个人意识和观点。"这也是Chat GPT进行写作的算法逻辑，单看好像很笨拙，很可笑，但这已经在提醒我们今天的写作者：靠数据库来写作是没有出息的。AI的头脑来自数据库，相当于人的头脑里装的"知识"，所以也可以转换成：靠知识来写作将来肯定是没有出路了。当然，不学习、没知识肯定没法写作，Chat GPT警示我们的更是：如何用好知识？知识之外我们作为人类还有什么是Chat GPT不可能有的？最直接的答案可能就是我们会选择"知识"，Chat GPT写的"杜甫诗"之所以这么有差距，肯定是它还没能很好地用好它的数据库。但选择问题，我相信未来的Chat GPT会解决好，它肯定能写出像杜甫诗的诗。只是，AI写得再像、再好，似乎也难逃数据库算法逻辑。我不太懂科技和生物学，我们人类的头脑与AI的头脑，未来是否能一致，可能这是科技问题。但如果AI与人的头脑运作逻辑可以一致，我们人之为人还有什么独特性呢？尤其在文学创作上，还有什么能维持我们作为"真人"的"文学性"呢？你作为一个成熟的诗人，或许在这方面有一些感触吧。

冯娜：Chat GPT最近真的"很忙"，一方面要不断地升级，从4.0到5.0；一方面要接受来自人类的各种打量、猜测和质疑。不过"人工智能是否会取代人类"的话题我想已经被讨论了很多年，伴随着AI的不断迭代而经久不衰。抛开技术性的探讨（因为我也不懂），在人文社科领域关于AI的讨论，我想主要聚焦点还是在AI是否可以获得与人类一样相同的生命感受力和情感表达——这在科幻作品中早就实现了，比如史蒂文·斯皮尔伯格在2001年的电影《AI》、美剧《西部世界》等等。很多科幻作品给我们提供了许多思考的角度，比如《西部世界》中我认为最有意思的设定是怎样意识到机器人女主角有了人类意识呢？是发现她获得了一种"冥思"的思维空间。"冥思"意味着思绪跳脱特定的程序和框架，用独特的生命体验在冥想和思虑。这也让我想起了很多人都会引用的德国诗人里尔克的一句话："诗不是感情，而是经验。"但里尔克说这句话是有前提的，前提是"感情我们已经足够了"，也就是默认我们作为人类具有普遍的感情和共情基础，这也是持人文主义立场者认为人工智能无法取代人类创作的出发点与核心。一切技术体验、生命阅历和经验可以磨砺、充沛、加深我们的感情，感情则可以使经验富有生命的韵律、层次和质感。这也是文艺作品之所以能打动人心的地方，它是带有生命意志、情感体验的表达，而不是完全基于技术手段的"拼凑"和"组装"。目前的Chat GPT应该还处在整合"知识"和"技术"的阶段，我觉得这和目前商业市场上的某些写作课程和"写作指南"没有太本质的区别，它们都把写作看成是一门通过技术就能掌握的"手艺"，就像我们按图纸编织一个筐子或者按建模勾勒一座房子的形状。写作当然需要技术和方法，但我个人从不提倡把写作简单规整为一套方法论。我给学生讲课时基本也不会把某一种技术、方法单独抽取出来，这是应用文的写作方法，与充满生命力、创造性和个体感的创作有天渊之别。一些商业课程也会以"入门教材"式的方法将写作简化成通过技术肢解和拼凑来完成貌似完整的一篇"作品"，这是将写作扁平化、碎片化、技术化的"AI"方式，我觉得这种刨除了心灵声音的写作和Chat GPT并没有什么本质区别，区别是它比你写得更好，因为它在技术上比你的障碍少太多了。这恰好也提醒了我们，人类之所以是人类，是因为血肉之躯必然具有血肉之躯的局限、瑕疵和可能性。我认为关于人工智能是人类一种全知全能的梦想投射和实践，比如《超体》《黑客帝国》等作品中的描述。至于AI未来会走向怎样的境地，是人文主义者无法预测也不能阻止的，如你所说"作为一个成熟的诗人"、一个"有生命的人"，我想应该充分意识到并接受人类的局限性。而人类也有很多可能性，AI也是通过人类的智慧和才华创作出来的，就像Chat GPT如果运用得好，应该是非常好的知识处理工具。

二、博尔赫斯不只是"图书馆"

唐诗人：每一个科技产品出来，都会引发各种危机想象，甚至恐慌，但最终都是成为为人类所用的"工具"。当然，"人工智能"可能不像历史上的很多科技发明，它越来越像"人"，这引发的思考的确可以有很多。你讲到人之为人的局限与缺陷，放到文学作品中来，也就是常说的，"笨拙"可能是一种更符合人性的、更为真实的美。就像平时接触人，我们其实是不太喜欢太完美的人的，带一点儿拙气的人或作品，反而更让人舒服，更人性化。

回到知识与写作关系方面，你在图书馆工作，博尔赫斯也是个图书馆诗人，为此很多人谈论你的身份时，会联系起博尔赫斯。据我所知，博尔赫斯在今天的中国，已经成了文艺青年的"知识标配"，很多文青去了书店就要翻翻博尔赫斯，去到图书馆也总要怀想一下博尔赫斯，发发朋友圈重温一下"天堂就是图书馆的模样"。这些现象，当然也没什么不好，只是说博尔赫斯可能已经成了很多人炫耀和摆酷的符号。至于博尔赫斯的创作与图书馆、与知识到底是什么关系，绝大多数人是不太了解也不感兴趣的。我记得诗人西川谈博尔赫斯时有谈及一个问题，他说："博尔赫斯在看待过去的文学的时候，总能看出别人看不出来的东西。他从不同的视角看出不同的惠特曼，经他一表述，甚至狄更斯都不再是我们一般文学史所叙述的那个当年写过雾都伦敦的狄更斯。博尔赫斯认为狄更斯写的不是什么现实主义小说，他写的就是他的噩梦，关于伦敦的噩梦。"（西川《博尔赫斯借给我们一个眼光》）博尔赫斯头脑储备的知识肯定是巨量的，但关键在于他能走出既有的"知识库"，说出以往的既有的知识库里面没有的东西，比如说惠特曼的《草叶集》是一部史诗，这里面的人物就是人人头戴光环的大众。西川说，"博尔赫斯居然从一个所谓后现代的立场上读出了被中国放在浪漫主义晚期诗人序列里的惠特曼"。试想，让头脑装满巨量知识的Chat GPT来解读，它能解读出来吗？博尔赫斯为什么能看到不一样的东西，这必然不是知识储备的问题，我理解这源自博尔赫斯的现实感受力。敏锐的现实感受力让博尔赫斯在面对既有的知识时也拥有了一双独特的"慧眼"，现实感受力转换成了文本感受力和精神洞察力，于是他的理解能超越那些依赖文学史、资料文献来阅读理解历史文本的读者。我这理解比较浅显简单，你应该很熟悉博尔赫斯的诗歌和生平，对此你怎么看？

冯娜：博尔赫斯在中国似乎成了一个象征、一个话题甚至一个"热词"，意味着深邃、博学、幽远的时间感；不仅是因为博尔赫斯是世界级的大文豪，还在于他曾经在图书馆度过了漫长岁月——图书馆在人们心中总是意味着知识、历史的积淀和智慧的殿堂。我曾经写过一首诗，写的就是博尔赫斯与我的联系，"在中国，人们向我说起博尔赫斯/一个迷宫中的、我的同行"；初相识时，很多对文学有所了解的人会把博尔赫斯作为一个话题与我聊天，因为我们是"双重身份"的同行——文学写作者和图书馆员。我想图书馆生涯对博尔赫斯影响肯定是极大的，我想说的是这个影响并非人们想象中的"天堂就是图书馆的模样"，而是在图书馆、博物馆这一类文化单位工作过的创作者，我觉得他身上会有一种随时间而来的敬畏感和谦逊精神。如果你体会不到，请想一想，我们每天穿梭在一架架距离我们几个朝代的书籍中，仿佛能感受到时间之轻、生命之重，也能想象人类文明的沉淀、积累之不易。在历史上像博尔赫斯这样声名赫赫的人，虽然他已经成为一个符号化的象征，但他的作品真正被后世阅读的人数并不像我们想象得那么多，如果你能深切体会到这一点就更不会因为在现世取得的那一点点成绩而沾沾自喜。用历史的眼光来看待这些堆叠的书籍、传播工具的数次迭代以及面对知识时人们观念的改变，我们的看法会更长远、更稳定。博尔赫斯这样的作家之所以能流传于世，不在于他在图书馆积累了多少知识储备，而在于他的写作渗透着生命的奥义和对人类普遍命运的理解，就如他的诗歌《爱的预感》《局限》《我的一生》《诗艺》等等。当然，我们也可以看到博尔赫斯的生命经历和海量的知识修养对他的写作是具有强大的助益和塑造能力的，但他在处理这些经验和知识时并不是一种单纯书架般的知识展示和排布；而是具有创造性地融入了人类的哲思、智识和情感。我们通常把知识罗列型的书叫作"工具书""百科全书"，其实已经甄别了知识和智慧的本质区别。所以，我对Chat GPT这一类"新事物"的出现并没有过于焦虑和悲观，人类历史不就是这样一次次向前发展的吗？生命并不是线性向前的进程，它本身就包含着一次次挫折、失误和自我纠偏等迂回和渐进。现代人所理解的时间通常是线性的、无止无息，而作家和诗人就是洞悉时间的秘密和"我的心略大于宇宙"（诗人佩索阿语）的人，这与爱因斯坦的广义相对论是不谋而合的：宇宙中从来不存在时间，时间就是运动。

三、呼唤实感经验

唐诗人： "创造性地融入了人类的哲思、智识和情感"，这应该就是问题的关键。尤其人的情感，人对当下现实的全新的感受和思考，这些是数据库里没有的，如何发挥我们人的创造力，将现实生活的体验、感觉转换成意味着新经验、新知识的文本，去更新、改变甚至颠覆既有的知识话语，这才是人的价值所在。

知识和经验关系问题，可以关联起中国当代的诗歌创作。你应该有感觉到，当代诗人成名后，继续写作的话都有一个趋势，就是知识性越来越强，诗风也会由重体验、重情感逐渐转型到重知识、重哲思，这个转向逻辑可以套用在很多著名诗人身上，似乎是一种自觉的同时又是不得不的选择。但对多数的诗歌读者而言，往往更欣赏他们早期的诗歌，毕竟更好接受，读起来更感人或者更亲切、更多感同身受的东西。当然，在很多专业读者看来，早期的诗歌有感觉，可能又缺乏深度。而后期的有知识、有深度的诗作，普通读者读得无感，专业读者又感受到很多不一样的愉悦。我们不去评判哪种风格、哪类阅读更理想，就这个风格转型来看，是不是也意味着这些诗人到了一定阶段就失去了对现实的感受力？或者说他们是不是在创作遇到了瓶颈时就习惯性地去到知识层面寻找解决的方案？除开用更多更驳杂的知识来助力之外，还有没有别的渠道可以帮助诗人们完成诗学转变？我对诗歌界不是特别了解，你应该有很多感触吧。我可以先说说小说层面，谢有顺老师在2008年就有文章呼吁当代作家要从密室走向旷野，这有一定的相通性。作家走出密室，就是走出自己的知识框架，去到广阔的现实世界接触、感受更多更新的与我们既有知识、既有记忆、既有经验不一样的事物。当然，这很不容易，大多数作家的所谓走出密室，只是人走出了房间，看世界的目光、视野却还是无法摆脱"密室"状态，他们也就只能看到他们想看到的以及他们觉得某些人想看到的，而不是放空自己之后去体验真正的新世界、新现实，如此，他们也就无法实现灵魂视域的扩展。诗歌层面，或许也有类似的状态，于是我们看到很多诗人去所谓的采风，但采风并不能改变他们的诗风，反而是强化着某些既有的风格观念，所以我觉得诗人方面也需要有真正的"走向旷野"。我注意到当前有一些诗人的确在这么做，像雷平阳、江非就比较突出，他们的诗歌能保持泥土感，贴近大地，以更清晰的实感经验来表现当代人的生存困难和精神困境。这里可能涉及比较多问题，对于这些，你作为诗人，或许有很多不一样的见解吧。

冯娜：你说到了一个现代书写中非常重要的问题：很多作家、诗人，特别是年轻的写作素材来源于书本、网络等二手经验，很难真正走向旷野，走进人间烟火。也有很多写作同行意识到了这个问题，近些年非虚构写作也很兴盛，很多作家都以社会学的田野调查、匿名参与等实践去真正体验生活，就比如广东有个作家塞壬，她潜入工厂去做日结工，最后写出了《无尘车间》这样的作品。谢有顺老师指出的"密室"和"旷野"，对一个写作者而言都是非常重要的"空间"；写作者需要密室来"内观"心灵以及深化很多事物，而"旷野"是能打开我们的视域、充实我们亲身"识见"和觉知的，是让我们的生命真正栉风沐雨的广大世界。每个作家和诗人都应该拥有自己的密室和旷野，但确实要承认在今天，特别是身处城市生活中的人，我们离虫鸣鸟叫似乎很远了，板结的知识型输出恰好表征着我们的生活被格式化、被框架化，人人都像螺丝钉一样在某部机器上运作，想象力和创造力也随之匮乏了。这与我们生活方式的转变息息相关，你说到采风，我记得有一次我去一个风景旖旎的南方城市开会，其时草木葳蕤，正是仲春，我提议同行者在空暇出去走走，吹吹风赏赏花，哪知他们一个个都说最近连日奔波累得东倒西歪，根本没有心思出去走动；还有很多作家诗人在采风还没结束就把文章写好了，纯粹是模板式的应酬之作。这样的"采风"离真正走向旷野真是十万八千里，我不认为现代文学生活中这样走马观花式的"到此一游"对长远的写作有很大的帮助。真正走向人群、与大地血脉相连，我想应该是像一个普通人一样去亲近自然，了解身边的人和物，设身处地地去体察他们的生活。就如你提到的雷平阳和江非等诗人，也是我熟悉的前辈，我认为他们都是有一颗对自然、大地和生命有敬畏之心的人，他们穿梭在人世间，体悟自身的困境也理解他人的生活，在自己的栖息地和步履所到之处发出了生命的感喟，比如雷平阳的《云南记》《基诺山》，江非的《泥与土》……

　　另一方面，我们也不得不看到现代人的生活场域发生了巨大的位移。特别是在"00后"和"90后"的世界当中，我们经常会听到许多关于"二次元"的话题，比如在网络书写中有一个类型叫"种田文"，我之前还不知道是什么意思，后来了解了一下，可以从字面上理解，就是讲述一个架空的历史背景下或者在古代，人们是怎么种田的；这种虚拟的"旷野"中受众获得一种"代入感"，读得津津有味；对照着远方真实的田园，又有一种荒谬感。当我们无可避免地进入赛博时代，人类建构出来的网络世界、技术生态等正在以各种面貌改变着我们的生活，社会关系也呈现出各种纷繁复杂的结构；写作者要面对这样复杂、多维，乃至动荡的自然、社会环境和人文生态。如何与这个时代相处，并在作品中呈现并处理这些复杂的内容，拥有属于自己的"密室"和"旷野"，对作家和诗人来说是一个很大的考验。

四、反思学院审美

　　唐诗人：除开说很多诗人后期的诗歌都转向重知识、重哲思，年轻一代的诗人，也有很多特别喜欢大段大段炫耀知识的写作。这几年我看到很多获各种诗歌奖的诗人，写的诗都是在知识方面见长，甚至很多是知识铺陈遮蔽了他们的生活感受表现，写诗好像真的变成了一种炫耀知识含量的语言游戏。为什么这么多大学生、年轻诗人都走上了知识性写作的道路呢？我个人觉得，这背后的原因，有诗歌评论家的学院化审美趣味问题。这些年，传统的文学创作，包括诗歌，与大学学院批评有了比以往任何时候都更为紧密的关联。这种关联，往好处看是一种评论和创作相互补益的文学生态，往坏处看就有走向圈子内自娱自乐的嫌疑。作为文学研究、文学批评而言，注重知识层面的考证和意义阐释有其相应的价值，但这种趣味也需要有自我反思的机制，尤其不应该通过评奖取向而影响大学生、青年诗人的诗学选择。对于青年诗人的诗作，我还是更看重他们贴近生活的实感体验和情绪表达，我很反感那些堆砌知识、玩语言游戏一类的诗歌。尤其青年诗人，本就没什么知识储备，摆弄出来的都是一些自己都没消化、故作高深的知识理论，扒开看无聊得很，这些诗除了自娱自乐，真的毫无价值。当然，对于这类创作也不能一概而论，极少数诗作可能的确能够通过相对繁复、知识化的表达来深入某些时代性的社会问题或精神难题，但这是极少数的情况，青年诗人也基本做不到。补充一下，这种推崇理论化、知识化的学院审美，背后是当代西方文论话语的发达。后理论时代，理论已进入生活中的方方面面。前面说现在的文艺青年喜欢看博尔赫斯，当前文艺青年的阅读新趋势是看法国理论，是读福柯、阿甘本、齐泽克、德勒兹等理论文本。阅读这些理论著作当然是好的，但往往也带偏了很多青年作家、评论家，导致写东西不好好说人话，而是五花八门的概念、话语乱用，看起来很爽很漂亮，实则浮夸空洞。我不知道你有没有这样的感受，理论界已经在反思这样的文学研究和批评写作，创作界更应该警惕理论化、知识化倾向吧。

冯娜：你说的这种知识型写作，很多人将其称为"学院派"写作，但"学院派"强调的是人的智识和学养，并非单纯的知识炫技。我觉得炫耀知识在这个时代是一件很可笑的事情，人类的知识吸收能力和运算能力能高过AI吗？你之前举过AI写诗的例子，那就是知识、辞藻拼接型的机器"行为艺术"。诗人和作家占有知识、获得渊博的学养，目的不是将自己的知识框架固化、理论化并以佶屈聱牙的方式故作高深。很多深奥的哲思往往是用质朴的形式来表现的，所谓大道至简。青年人喜欢读理论和哲学书籍我觉得是好事，这也跟我们整个社会知识崇拜的风气有关，仿佛你在聊天中不能背出几句福柯、齐泽克、韩炳哲，你都是"不读书"的、没有深度的文艺爱好者——我觉得这个现象很有意思，值得深究。但是我们转过头来想想，那些圣贤先哲、那些打动我们心灵的伟大诗人作家，他们并不是以知识的多寡来传世的，没有人会因为通篇背诵哪个哲学家的著作而成为哲学家。我和青年朋友交流的过程中也经常说，广博的知识和精深的人文修养可能会帮助你成为一个优秀的学者，但不意味着你会成为一个作家和诗人，学院型的写作和文学创作之间还是有巨大区别的。你也提到了另一个问题，在今天，一切知识的获得和书籍的阅读都得来容易，学院批评对文学的介入比任何一个时代都来得及时和直接，仿佛这两者之间应有的"时差"都被消弭了；学院审美确实也极大地影响着人们看待作品的眼光。我们也会看到这个时代的文学创作呈现了很强的对话性，比如网络文学、影视文学等，但我个人还是认为作家和诗人不应过多地被批评家、消费市场和读者的审美所引导；作家和诗人应该独立地去做判断、去开创新的写作格局和可能。

唐诗人：现实可能跟我们认为的相反，现在的文学创作，基本上都被批评家、消费市场和读者的审美所引导。被消费市场和读者趣味引导的写作太多了，我们先不去说。就传统的文学创作而言，逐渐有一种为批评家写作的嫌疑，很多作家特别"鸡贼"，在小说中埋下各种可能被一些权威批评家看好、看中进而得到大力阐释、推介的"梗"，这就像现在的电影、电视剧制作，制片方或者导演甚至编剧就都会结合大数据统计结果，将那些容易上热搜的情节、画面、场景融入其中，以至于作品最后变成了造"梗"、造热点的产品。文学也是，很多看似能够被很多批评家喜欢、可以获得很大解读空间的文本，都是虚假的"张力"，不是真正意义上的丰富性。我现在特别怕看到这样的作品，或者说特别警惕不能让自己成为这些作品的"挖雷""释梗"者。同时，这就意味着我们对理论与批评写作之间的关系要有新的认知。很多学生问我，批评文章该怎么用好理论、概念，我与很多人的观点不同，我建议大家反过来用，就是不要说理论怎么指导实践，而是实践怎么更新理论，意思就是我们需要多看文本，把文学作品提供的新的经验、新的元素挖掘出来，去更新、改变既有的理论话语、概念知识，去寻找那些不能够被理论话语、知识概念所统摄、所喜好的细节、要素，多去寻找"例外性"，解读"例外性"来重构既有的理论、观念。这种批评当然是有难度的，但它可以避免理论批评的两大毛病：一就是不会写成理论套文本的八股文，二就是不会成为"挖雷"的劳力型批评家。当然这是我个人的一种理解，未必能通用。我的意思是，现在的写作有了很多问题，批评家就特别需要一种理论反思意识，不能被"聪明"的作家牵着鼻子走，也避免成为理论知识的傀儡。从这个角度说，我也相信，真正意义上的文学批评是不会被人工智能型批评所取代的。

冯娜：你说的这个问题可能在网络时代会愈加明显，因为很多作家都会意识到他们的作品要拥有广泛的影响力是大众传播"合谋"的结果，被众多利益所驱使很难置身场外。我们也会看到很多作家和诗人都在各种媒介上频频"露脸"，短视频的传播快让他们成为"段子手"了（笑）。我对人工智能是否最终会取代文学批评、文学创作这个问题倒是不太执着，优秀的批评和创作在历史中寥若晨星；有很多人的写作和批评本来就行将就木。庸俗、麻木、投机取巧的心灵能够被富有感情、冥思，被不断精进的智能所取代，也许还是好事呢。